ここは夜の水のほとり

清水裕貴

Shimizu Yuki

新潮社

目次

ここは夜の水のほとり

金色の小部屋

目を覚ますと、部屋が金色に燃えていた。ベッドの前の鏡が朝陽を反射して、部屋中にゆらゆらと炎のような光を描いているのだ。この部屋は以前住んでいた自称ダンサーの女に改造されて、壁の一面が鏡になっている。しかし壁を鏡にしたところで、脚を上げてくるりくるりと回ればすぐに壁にぶつかってしまうから、ろくな練習は出来なかっただろう。

体を起こして鏡の中の自分を見つめると、向こう側からぼんやりと気弱そうな視線が返ってくる。いつ見ても輪郭のはっきりしない顔だなと思う。

ベッドから降りて、三歩進んでバスルームのドアを開き、宇宙船みたいなつるりとした床に立ってシャワーを浴びた。このアパートの歴史は古く、水道管はくたびれ果てているので長時間水を流せない。しかも給湯機が不安定で、三分経つと湯が勝手に熱くなったり冷たくなったりするので、湯浴《ゆあ》みはすぐに終わらせないといけない。

タオルでざっくり水気を取りながら、瞬間湯沸かし器のスイッチを入れた。二リットルの水を一分で沸騰させる、この白い機械がピイ、と声を上げるまでの間に今日着る服を用意する。職場は美大受験専門の予備校で、相手にするのは絵の具まみれの受験生だ。綺麗なスーツやワンピースを着る必要はない。予備校はアパートから玉川上水沿いに歩いて十五分。電車にも乗らないから、寝巻きのシャツのまま行くこともある。大学受験の時に生徒として通っていた場所なので、ほとんど実家のようなものなのだ。職員たちは高校生の時からの知り合いで、今更きちんとして見られたいという欲が全然起きない。

簞笥《たんす》を開けて、一番最初に手に触れたTシャツをかぶって、ベッドの下に放置していたジーンズを穿《は》いて、申し訳程度に眉を描くと、湯沸かし器がピイと声を上げた。その音が弱々しくて、もうすぐ壊れるのだろうかと思う。

ガラスのカップに湯を注いで水あめを入れると、湯が朝陽を透かして床にマーブル模様を描いた。それを眺めていたら、突然ベッドの上で携帯電話が震えたので、無言で応答ボタンを押した。すると、相手は向こう側でもしもしも言わずに「お前さあ……」と話し出した。

彼は草角《くさかど》という名の画家で、今年の春まで予備校で一緒に絵の指導をしていたが、今は独立して筑波にアトリエを構えている。彼は五つ年上で、私が受験生の時に既に講師をしていたので、私の元先生でもある。彼は求められているものを把握して、効率の良いやり方で進めるのが上手で、どんなに望みの薄い生徒もぽいぽい志望校に放り込んでいた。私は講師が草角じゃなかったら、現役で美大に合格できなかっただろう。補欠合格ではあるが。大学に入ってからも何かと気にかけてくれて、大学卒業後に就職に失敗して途方に暮れていると、今度は予備校に講師として引き入れてくれた。一応のところ人生の恩人と言える。

「なんで電話に出ないんだ」

草角は地を這《は》うような声で言った。怒りで特別低くなっているわけではなく、彼の声は常に低い。草角は熊のように大きな男で、腹の底から出る声は、彼が何も思っていなくても他者を威圧する。草角は熊のように……それは教育の場ではとても効果的で、私が「ここが駄目」と言うより、彼が「ここが駄目」と言う方が真実味があった。

「今、出てますが……」

私がそう言うと、彼はため息を吐《つ》いた。

「何回もかけたんだ」

「寝てたんです。急ぎの用ですか」

そう聞くと、草角は神妙な声でゆっくりと言った。

「急ぎじゃないけど、落ち着いて聞いてくれ」

「私は落ち着いてますよ」

「そうか。じゃあちょっと待ってくれ……」

草角はそう言って、しばらく黙った。急ぎじゃないのに何度も電話をかけてきて、出るのが遅いと怒ったくせに、なかなか話を切り出さない。絶対に良い話じゃないんだろうなと思いながら、甘い湯を一口飲んだ。

私が湯をそろそろ飲み終える頃、草角は意を決してすうっと一息に言った。

「川上宇一《かわかみういち》が落ちた」

落ちた、という言葉は私たちにとって非常に身近で、憎悪の対象でもある。つい半年前の早春に、合否の通知が飛び交う職場で嫌と言うほど交わした言葉だが、今はまだ夏だ。推薦入試も始まっていない。第一、川上宇一は五年前の生徒だ。美大を今年の春に卒業して画家として活動しており、受験とは無関係のはずだ。

「どこに落ちたんですか？」

「線路」

「……はあ？」

草角はため息をもうひとつ吐いて「葬儀の日取りが決まったらまた連絡する」と言って電話を切った。

数分経って、ようやく言葉の意味を理解して草角に折り返したが、呼び出し音は鳴るのに繋がらなかった。草角こそ携帯電話を見ない人間で、どうせ音も振動も切っているのだろう。しばらく携帯電話をじっと見つめていると、突然青白く明滅して震えだした。即座に耳に押し当てたが、それは出勤時間にセットしているアラームだった。

ひとまず電話をジーンズのポケットに突っ込んで、ドアを開けて外に出た。すると、真っ白い太陽の光と、一斉に鳴り響く蟬《せみ》の声に迎えられて、目眩《めまい》がした。逃げるように階段を降りて、上水沿いの並木道に入った。湿った土の遊歩道は、むせかえるような匂いに満ちていた。熟れて腐った植物の匂いだ。

私の記憶の中の川上宇一は、頰に柔らかさの残る少年で、いつも大きな白いシャツの中で痩せた体を泳がせていた。彼は大変な慌て者で、うっかり者だった。初めて予備校に来た日の始業直後に、「あわわ」と言いながらけろけろと嘔吐《おうと》した姿は今でも鮮明に思い出せる。始業前にドーナツを慌てて詰め込んだせいで逆流したらしい。食べきれなかったドーナツは残して鞄《かばん》に仕舞うとか、そもそも始業前にドーナツを食べないとか、色々な選択肢があったはずだが、緊張しすぎて正しい選択が出来なかったそうだ。

宇一の心はいつも遠い、架空の明るい場所に向かっていたように思う。絵画はその幻想を現実に繫ぎ止めるための手段で、何を描いても明るく鮮やかな色彩を使った。それはそれで良い個性なのだが、彼はほとんど手癖だけで描いており、デッサンはめちゃくちゃだった。

ひょろ長い腕は、画布を袈裟《けさ》斬りにするように勢い良く機敏に動いて、堪《こら》え性がなく、形をじっくり追うということをしなかった。私と草角は、彼の腕を摑《つか》んで押さえつけ、ゆっくり、丁寧に、よく見て描きなさいと指導した。

宇一は絵を学べば学ぶほどのめりこみ、急加速をつけて上達した。美大に入ってからはいくつものコンクールに入賞し、銀座のギャラリーのオーナーに目をかけてもらって、個展を開いたこともあった。去年美術雑誌にインタビューが載った時の顔写真は、きらきらした目の好青年という感じで、ドーナッで吐いていた面影は窺《うかが》えなかった。

ふと、小蠅《こばえ》の一団が目の前を横切った。目を閉じてやりすごし、緑道から下りる。夏の玉川上水は草花も虫たちも旺盛に命を競いあっていて、小道から溢《あふ》れそうになっている。

美術予備校は三鷹駅のほど近く、玉川上水のほとりに建つ。細長い校舎はドクダミに覆い尽くされて、魔女の館みたいだ。門扉の前にごろんと転がった石の塊に学校名が彫られているが、達筆すぎて異国の呪文に見える。

東京には美術予備校がいくつかあって、それぞれに独特の文化があり、ここは『少数精鋭』で『親身な指導』が売りだ。アットホームとも言ったりする。大手に比べると頼りない風情だが、毎年藝大や有名美大に合格者を輩出しているし、いかにも古くて伝統がありそうな外観なので、入学者は途切れない。

予備校に入るための試験はないが、一日中イーゼルの前に座って絵を描き、評価の高い順に作品を並べられ、厳しい講評を受けるうちに、必ず何人かやめていく。土を無作為にすくってふるいにかけると、何度やっても毎回同じくらいの残留物があるのと同じように、脱落する比率は毎年変わらない。違う人間が集まっているのに、毎年同じような雰囲気に均《なら》されていく。

夏はちょうど、やめる子がやめきって、教室の空気が落ち着いてくる頃だ。ここでどれだけ集中して課題に取り組めるかが、冬の結果を左右する。頭の中から宇一を追い出して、昨日の生徒たちの様子を反芻《はんすう》し、今日どんな風に振る舞おうかと考える。仕事のあるうちは、仕事に神経を集中しなくちゃいけない。そうしないと、私はすぐにへまをする。

錆《さ》びた鉄の取っ手を引っ張って中に入ると、受付係の本多《ほんだ》さんが「あっ」と叫んだ。

「先生、大変です」

せっかく意識から遠ざけたのに、また宇一の顔がするりと脳裏にすべりこむ。

「本多さんも聞きましたか……」

私がそう言うと、本多さんは皺《しわ》だらけの小さな顔を縦にぐいっと伸ばして、口をぽっかりと開けて、「え、誰に？」と言った。

「えっと、草角さんに」

「草角先生？　どうして？」

本多さんが首を傾《かし》げるので、私も首を傾げた。

「もしかして、私が思っているのと違う話ですか？」

「どうなんでしょう。先生の頭の中、私、わからないから！」

本多さんは目をぱっちりと開いて、眼球をぎょろぎょろさせながら笑った。彼女は私が高校生の頃から受付に座っており、名簿管理から消耗品の発注、テキストの製本までこなす、ベテラン事務員だ。昔から表情も声も大げさで、顔色の悪い受験生たちの肩をばんばん叩いて元気付けている、予備校のムードメーカーである。さすがの彼女も、元生徒が急死したらもう少し神妙な態度になる筈《はず》なので、ここにはまだ連絡がきていないようだ。そうすると、こんな慌ただしい雰囲気の中で、トイレの紙が切れてますというような感じで宇一の死を告げるのは憚《はばか》られた。

私がもごもごしていると、本多さんは「とにかくこちらへ」と言って狭いコンクリートの階段を軽やかに駆け上がった。校舎が狭いので一階にあるのは受付と応接間だけで、二階から六階までが教室、最上階に物置と講師の控え室があり、さらにその上の屋上が雑巾などの洗濯場だ。本多さんは日々全てのフロアを行き来しているので、階段の上り下りがおそろしく早い。

彼女の目的が分からないままとりあえず全速力で走ってついていくと、本多さんは一番広い教室のドアを開いて「見て下さいこれー」と悲しげな声を出した。彼女の後ろから覗き込むと、目に飛び込んできたのは色とりどりのセロファン、飛び魚の剥製《はくせい》、石膏《せっこう》の大小様々な球体、ゴムチューブ、プリズム。デッサンに使う様々なモチーフが床に散乱して、カラフルな幾何学模様を描いていた。セロファンは切り刻まれ、無数の三角や台形が散らばって空間を埋め尽くし、くすんだリノリウムの床がほとんど隠れてしまっていた。

「朝来たらこうなってたんです」

本多さんがそう言いながら、ドアの横に立てかけてあったモップと箒《ほうき》を摑んで、私に箒を渡した。講師に状況確認をさせたら、すぐに片付けるつもりでいたらしい。私はふむと頷《うなず》いて、箒を動かして足元を確保しながら教室の中に入って行った。あと一時間で朝の授業が始まるので、急がなくてはいけない。

一年に一回くらい、教室を荒らす人が出現する。いつも目撃者はおらず、誰がやったのか見当もつかないが、犯人を探し出すことに労力を使ったりはしない。大抵《校舎を荒らさないでください》という貼り紙を数週間掲示して終わりだ。十中八九、精神的に追い詰められた子が発作的にやってしまうことで、一回で気が済むのか再犯はないし、警察沙汰にしてはいけないという理性は働いているのか、高価なものを壊したり汚したりはしないからだ。

「このセロファンも、モチーフなんですか？」

大きなモップで、ざっと床の上のセロファンを一掃しながら本多さんは言った。本多さんは受付のベテランだが、美術の専門教育は受けておらず、美大受験の指導についてもさっぱり分からない。

「はい。着彩課題で使います。私はモチーフ選びのセンスないから、無難な差し色要員です……」

「へえー」

本多さんは生返事をしてモップをついっと滑らせた。黄色いごわごわした毛束をすり抜けたセロファンがぱりぱりと音を立てて彼女の後ろに落ちていく。私は彼女の後ろについて、箒と塵《ちり》取りでそれを回収した。

美大の試験は、与えられたモチーフを木炭や鉛筆、油画や水彩などで描くというものだ。出題する教授の趣味によって様々だが、大抵は白いモチーフ台の上に植物、剝製、幾何学模型、ガラス瓶、陶器、プラスチック片などが置かれて、それをどのように切り取り、どのように描くのかを問われる。

色合いやタッチなどで個性を表現することも大切だが、受験生に求められるのは、まず実直に空間を描き出すことだ。白い球体の上に青いセロファンが乗っていると、照明の光を通して白い球体に青い四角が描き出される。ただそれだけのことを、執拗に、青い色の変化を克明に描き出す。絵を練習するということは、物と物の関係性を考察するということだ。描くことは、考えること。

ふと、ひたひたと足音が聞こえてきた。振り向くと、肩ひもの細いキャミソールを着た少女が階段を上ってくるところだった。長い黒髪がむきだしの肩に垂れ、レースみたいに彼女の肌を飾っている。

「おはようございます……」

彼女が私たちを見つめて、低く小さい声で言った。

「遥《はるか》、早いね」

彼女は浪人一年目で、平日は毎日朝から絵を描いている。本多さんが明るく「おはよう」と挨拶をすると、その最後の音が終わらないうちに、遥は「私がやりました、それ」と言った。私と本多さんは顔を見合わせた。

「自首は初めてだわ」

本多さんはそう言って、ほう、とため息を吐くと「えらいえらい」と言って遥の頭を撫《な》でた。こういう時、本多さんは気難しそうな子にも、怖そうな子にも、同等に気安く接触する。彼女にとっては全員同等に子供なのだろう。

「じゃあ、ちゃんと片付けなさいね」

本多さんは遥の頭をポンと叩くと、もう甘やかす時間は終わったとばかりにモップを押し付けて、さっさと階下に降りて行った。朝の本多さんは画材や備品の発注、予備校ブログのコメントチェック、宅配便の受け取りなど、やるべき仕事が沢山あるのだ。

「奥から掃いていってよ。私はこっち片付けるから」

私がそう言うと、遥は黙って頷いて、のろのろとモップを動かし始めた。私も本多さんにならって彼女を甘やかさない方針でいきたいのだが、この部屋を片付けないと授業の準備ができないので、手伝うしかない。遥は時々セロファンに引っかかりながら、けだるい仕草で掃除を続けた。彼女がモップを動かすたびに、尖《とが》った肩甲骨が細い肩ひもを押し上げた。ゴムチューブを拾う腕は、蛍光灯の光を反射して鈍く光っている。脱皮したての蟬みたいにきれいな少女だなと思う。しかし、その表情は雨上がりの玉川上水よりも濁っている。

ここで「何か悩みごとでもあるのか」と聞く気はない。とってつけたような感じがするし、聞いて自分に何ができるか分からないからだ。百枚百円のセロファンをばらまいて解消できたのなら安いものだと思う。

遥が部屋の半分ほどを片付けると、私は白い台を引っ張り出して課題のモチーフを並べ始めた。今日のメインはガラスの水槽に入った大きな巻貝、コロナビールの瓶。夏期講習なのでビーチ風のモチーフだが、テーマ性を出しすぎると生徒たちの作品が似てしまうので良くない。あとは幾何学模型や、遥が片付けたばかりのゴムチューブやセロファンを引っ張り出してきてモチーフを構成する。

私が台の周りをぐるぐる回りながらオブジェを作っていると、遥がぽそっと言った。

「先生、宇一の葬式って、いつだか知ってますか……」

「え、知り合い？」

「家が近いので」

遥は屈《かが》んで、モップが取りこぼしたセロファンを拾いながら言った。

「小さいときから知ってるんです」

「そうなんだ」

私は極力抑揚がつかないように相槌《あいづち》を打った。遥は細かく切り刻まれたセロファンをいくつも拾って手のひらの中に押し込んだ。

「前に、宇一がここに遊びに来たとき、一緒に喋《しゃべ》ったじゃないですか」

「ああ、そうだったかな」

記憶にないが、とりあえず頷く。宇一は大学に入ってからも何度か予備校を訪れて、個展の宣伝をしたり、本多さんと世間話をしたり、講師陣に作品を見てもらったりしていた。私は草角と一緒に作品を見たり、見なかったり、暇なときだけ相手をしていた。彼がいつ誰と喋っていたかなんて、全ては把握していない。

私のぼんやりとした返事を聞いて、遥はふ、と笑うと、「センセーって、そういうとこあるよね」と言った。彼女が「センセー」と発音する時は機嫌が悪い。ここで「そういうとこは、どういうとこか」と聞くのは藪蛇《やぶへび》なので、黙って準備を続けた。私は無駄な衝突を嫌う。誰かと不毛な喧嘩《けんか》をした後は、時間泥棒に遭ったみたいに、すっからかんで何も残らないからだ。

遥が私の背中をじっと見ている気配がする。

「日程はまだ決まってないと思う。分かったら教えるね」

私がそう言うと、遥は大人しく「分かりました」と答えた。

その日の夕方に草角から電話がかかってきて、通夜の日取りを伝えられた。すぐに遥と本多さんに伝え、宇一と関わりのあった職員は参列することにした。他の生徒たちは彼とは関係ないので大々的に知らせたりはしなかった。卒業後も学歴として残る大学とは違って、予備校はあくまでも目標の途中で立ち寄る場所にすぎず、世代を超えた生徒の交流はほとんどない。昔は藝大合格を目指して何年も浪人している長老のような人がいたが、最近はみんな二、三年で諦めてしまう。

講師も最近は入れ替わりが激しく、優秀な人たちはさっさと独立したり有名プロダクションに入ったりして居なくなり、どんどんお鉢が回って私にまで声がかかった。

作家としての力と、講師の資質はあまり関係ない。自分の作品を予備校に飾ったり、生徒を個展に招待する講師もいるが、私の絵は基本的に生徒には見せない。彼らは、私がどれ程の絵を描けるのかは知らない。それでも教室に立っていると、彼らは私のことを素直に先生だと思って、何の疑問もなく先生と呼ぶ。そうすると、こちらもその気になってきて、ここが悪い、あそこは良い、などと言っているうちに、自然と先生らしい態度を取れるようになっていった。生徒たちはいつも私の言うことをきちんと聞いてくれる。彼らは、自分の行きたい方向に進むための道先案内人を欲していて、本当は信じる価値のない人のことも、信じようとしているのではないだろうか。

翌日は、冷たい、湿った気配に起こされた。ベッドから起き出して窓の外を見ると、霧のような細かい雨が降って、街を灰白色に染めていた。街道沿いに建つ黄色い量販店のペンギンは霞《かす》んで曖昧《あいまい》な表情をしている。一着しかない黒いスーツがぐちゃぐちゃになる予感がしたので、白いシャツと黒いセットアップを鞄に入れて、いつものようにジーンズとTシャツを着て仕事に出かけた。

昼間部の講習が終わってから、講師室でセットアップに着替えていると、本多さんが口で「コンコン」と言いながらドアを開けて、「今日は行けないの」と言った。息子の誕生日で、みんなでケーキを食べなくてはいけないらしい。明日の告別式に出るから、待っててねって伝えてね、と彼女は言った。私は「了解です」と言って、一人で予備校をあとにした。

雨は止んだが、重い雲が垂れ込めたままで、空は灰色のまま明度を落として黒い夜になろうとしていた。私はぬかるみを踏んだりアスファルトに避けたりしながら、ふらふらと上水沿いを新宿方面に歩いた。安物の黒いパンプスのせいでつま先はすぐ痛くなった。私の足の親指が限界を訴えだした頃、森の向こうに薄茶色の矩形《くけい》がぼんやりと現れ、近づくと、徐々に外壁の質感が見えてきた。タイルはテラコッタで、大きなガラス窓が開放的で、斎場というよりはリゾートホテルに見えた。

建物をぼうっと眺めながら歩いていると、白い看板に躓《つまず》いた。こちらは特におしゃれ心のない、木の足に布が巻き付けられた簡素な作りだ。立派な筆文字で宇一の名前が記された看板は、ぐらぐらと揺れた後、カタンと音を立てて倒れてしまった。幸いにして人はちらほらとしか集まっていなくて、誰も見ていなかったようなので慌てて起こしていると、背後から地を這うような声が聞こえた。

「何してんだよ」

振り向くと、そこには安っぽいスーツを着た草角が立っていた。髭《ひげ》がいつもよりこざっぱりと整えられて、レンズに手垢《てあか》のついていない、シンプルな黒縁眼鏡をかけている。

「こんばんは……」

「ああ」

草角は頷いて、受付に向かった。大きな厚い背を丸め、腕をぶらりと前に垂らして歩く様子は相変わらず熊に似ている。

エントランスに入ると、極彩色の絵が目に飛び込んできた。トーンを抑えた斎場のインテリアに全くそぐわない、浮き出るようなスカイブルー、エメラルドグリーン、純白、金色。カラフルな色彩で描かれているのは、陽の当たるベッドや、キッチンや窓際など。プリズムに閉じ込めたみたいな部屋の絵だった。私は絵の前に立ち、画面の中に潜り込むようにじっと見つめた。

作品を作っていた若い人が死ぬと、しばしば葬儀で仮設の展覧会が開催される。まだ作り続けられるはずだった作品たちが、作者の死体をじりじりと囲うように展示されるのだ。看板の案内によると、エントランスにぐるりと飾ってあるのが近作で、古い作品は奥の宴会場にあるらしい。

草角は顎《あご》に手を当てて絵をまじまじと見つめ、「何故これを描いたんだ?」と、虚空《こくう》に向けて質問した。宇一は身近な風景を鮮やかな色彩で表現するのを得意としていたが、過去に描いていたのは木々や花など、自然のある屋外の風景だった。部屋の絵はモチーフがシンプルであるがゆえに、より宇一の独特な色使いを際立たせているように見えた。陽の光があちこちに乱反射した朝の部屋の風景は、万華鏡を覗いているみたいだ。

「先生……!」

感極まった声が聞こえて、振り向くと着物姿の宇一の母親が立っていた。漆黒の喪服を着て、ふわふわした巻き毛を優雅にまとめていて、とても成人した子供がいるようには見えない。アイシャドウや口紅は控えめな色だが、白粉《おしろい》はしっかり塗っている。大きな杏《あんず》形の目が涙にきらきらと濡れ、私の目をじっと見つめた。

未成年が入学する際には、出来るだけ保護者と面談をするので、生徒の親は大体顔見知りだ。主な目的は既往歴の確認と画材の毒性についての説明で、十分程で終わるのだが、彼女は宇一が如何《いか》に難しい子供だったかということをつらつら語って、面談は一時間にも及んだ。彼女曰《いわ》く、宇一は第一印象は明るいので最初のうちは友達ができるのに、途中から仲間はずれにされるらしい。思ったことをそのまま口にするし、慌て者の素質を発揮して遊びの最中にへまをしたり、うっかり約束を忘れたりするからだ。中学に入ると、周りから本格的に攻撃されて登校できなくなり、高校も一年で退学して通信制に行った。「自分からどこかに行きたいって言ったのは、本当に久しぶりなんです」と彼女は言った。「どうしてここなのか、分からないけど」と、やや余計な一言をくっつけて。

「ご無沙汰しております」

私はそう言いながら、ぺこりと頭を下げた。しかしそれ以上何を言ったらいいのか分からなくて口ごもっていると、宇一の母親は私からすうっと視線をそらし、後ろの方でうろうろしていた草角を見つけて、駆け寄っていった。

「草角先生……！　ありがとうございました色々と……」

草角が生真面目な声で「いいえ」と言うのが遠く聞こえた。彼女は、宇一の死を予備校に知らせるよりも先に、草角の個人のアドレスに連絡した。それほど、彼女にとって草角は面倒見がよく、頼り甲斐のある講師だったのだ。

それから彼女はくるりと踵《きびす》を返してあちこちの関係者に挨拶をしに行った。若い人の葬儀は弔問客も若い。急ごしらえの安っぽいスーツは黒が浅く、髪も金だの茶だの色とりどりで、会場全体がどこか浮き立っていた。宇一と同じ頃に卒業した予備校の生徒もちらほら来ており、草角と一緒に近況を聞いたりなどして、同窓会のような雰囲気になった。全員、宇一が線路に落ちたという簡単な情報しか持っていなかったので、彼について何かを話し合うことができなかった。

同窓生の小さな賑わいは、開始のアナウンスと共にお開きになって、皆そそくさと会場に入って席についた。祭壇の花は、色とりどりのスイートピーやバラで、定番の菊の姿はない。花には名札が刺さっており、ギャラリーや著名な作家の名前などがあって、宇一の人生の華やかな一面が見て取れた。宇一の母親は薄汚れた予備校や美大には懐疑的だったが、宇一が銀座のふかふか絨毯《じゅうたん》のギャラリーで個展を開いた時は納得した顔をしていた。銀座のギャラリーも予備校に負けず劣らず古いビルだったが、玉川上水とマロニエ通りでは全然違うし、絨毯が高級だ。それから、彼女は宇一の創作活動をそれなりに価値のあるものとして見るようになった。

きっかけは何にせよ、彼女が宇一の絵を今後も大事に扱ってくれるなら嬉しい。ただし、展示のレイアウトはもう少し勉強してほしい。明るくカラフルな花に埋め尽くされた祭壇の前に、同じくらいカラフルな宇一の絵を置いてしまったら、色の殴り合いだ。さらに絵の横に銀のファーで「FOREVER」という文字が作ってあって、もうわけがわからない。

「永遠の眠り？」

草角がぼそっと呟く。

「永遠の愛じゃないですかね……。横にハートついてるし」

私がそう言うと、草角は「自由だなー」と言って、後ろの方の席にどすっと座った。シルクの布張りの椅子は高級品で、草角の体重を支えてもいやな音がしない。

彼の左隣に座って、ぐるりと会場を見渡してみると、部屋の隅で立ち止まってきょろきょろしている少女を見つけた。

「遥、こっち」

小声で呼ぶと、彼女は高級椅子の隙間からするりと入り込んできて、草角の右隣にすとんと座った。遥は黒髪をきっちりと一つに結って、完璧な黒のワンピースを着ている。ノーメイクで、顔色が死にそうに暗いところも完璧だ。遥は草角に「お久しぶりです」と低い声で挨拶したが、草角は気圧《けお》されて「おう」と返事をするのみだった。

すたすたと入ってきた僧侶の袈裟は明るい赤紫で、色彩がさらにうるさくなった。宇一が入っている箱は上品な白い絹張りだったが、内側に変なものが仕込まれていそうで油断できない。

読経だけは普通で、やがて係員の指示によって焼香の列が作られ始めた。私は手元の数珠を弄《もてあそ》びながら終始ぼんやりと参列者たちの色彩を見ていた。

焼香の列が私たちの直前まで進んだ頃、とすっと軽い音が聞こえた。ちらりと横を見ると、遥が手元のバッグを落としたらしく、慌てて拾っていた。彼女はバッグを腹にぐい、と押し付けるように置いて、おそるおそる私と草角の顔を見た。

「……寝てました」

彼女は青白い顔でそう言った。それは驚くべき告白だったが、彼女の方がもっと驚いたような顔をしていて、大きく見開いた眼に蛍光灯のしらじらとした灯りが映っていた。草角が「寝てないのか？」と言うと、遥は首を振った。

「さあ。なんか色々、ぐちゃぐちゃ考えてたら、意識飛んでました」

「そう……」

私が曖昧な相槌を打っていると、草角が「それが一番いいな」と言って頷いた。確かに、辛い気持ちに身動きがとれなくなる前に意識を失うことができるなら、それほど幸福なことはないだろう。

焼香が終わってもお棺の蓋は開けられなかった。原形を留めていないのだろう。通夜ぶるまいの席は斎場の奥の宴会場に設けられ、寿司や天ぷらが並んでいたが、なかなか喉を通らなかった。宇一の母親は、参列者たちに宇一の思い出話を聞いてまわっているようだった。宇一に関して語れと言われると、みんな「うっかり者」とか「落ち着きがない」とか、いまいち印象の良くない単語しか思いつかなかったが、私たちは精一杯素敵なコメントを並べた。部屋のどこかから、常に鼻をすする音が聞こえていた。酒も料理も全く減らなかったので、宇一の祖母が「若い人のお口に合わないかしら」と悲しげに呟き、みんなで慌てて口に詰め込み、ビールで流し込んで、お開きの時間になった。乾き気味の寿司が喉に詰まるような心地がしたが、宇一のように吐くわけにはいかなかった。

斎場を出てしばらく歩くと、草角が「ちょっと飲もうぜ」と言って、ぼんやり光るコンビニに吸い込まれていくと、遥も小型犬のように後ろをパタパタくっついていった。遥は去年までは草角の指導を受けていたが、第一志望の受験日に風邪を引いて浪人生になった。ただでさえ気落ちする浪人生活なのに、草角の退職も重なって、不安と不満はぎりぎりまで高まっていただろう。今日は久しぶりに草角に会ったせいか、いつもよりあどけなく見える。

私はまだ何も食べられそうにないのでコンビニには入らず、辺りをぶらぶら歩いて待った。ふと、むせかえるような甘い香りが頭上からふわりと私を包み込んだ。見上げると淡いオレンジ色の無数の百合が、花弁を大きく開いて頭《こうべ》を垂れていた。よく通る道なのに、百合が咲いていることを知らなかった。この花はこんなに派手なのに、いつも知らぬ間に咲いていて、ある時突然強く香るからぎょっとする。百合に気をとられているうちに、履きなれない革のパンプスがアスファルトの小さなひび割れにひっかかって、派手に転んでしまった。両手のひらで体重を受け止めたら、焼けるような痛みが走って、湿った夜の空気に血の臭いが混ざった。

「なんでだよ?」

コンビニから出てきた草角が、私の前で仁王立ちをしてそう言った。何もないところで転んだように見えたのだろう。私は草角を無視して、道路に座り込んだまま、手のひらに刺さった小石を指で抜いた。こんな子供のような転び方をしたのは十数年ぶりで、膝が痛くて起き上がる気になれなかった。宇一の知らせを聞いてからずっと、体がうまく動いていない感じがする。

草角の後ろから、遥が携帯電話をいじりながらてくてくと歩いてきた。遥は私たちの傍らまでくると、携帯電話をバッグに仕舞って、顔を上げた。彼女は目を大きく見開いて、口をぽかんと開けた。

「なんで?」

遥はそう言って、いきなりこちらに突進してきた。私は身構えたが、遥はするりと私の横を抜けていった。草角もそれに続いて、のろのろと足を踏み出し、私を通り越した。遥が彼女らしくない甲高い声で何かを言っているのが聞こえる。私は地面に座り込んだまま、そろそろと後ろを振り返った。

そこには、森の暗がりの下でぼうっと立つ、白いシャツを着た男の子がいた。外灯の光はかろうじて届いているけれど、輪郭はほとんど暗闇に引き込まれていて、今にも消えてしまいそうだ。遥が彼をつなぎとめるようにシャツをしっかり摑んだ。男の子は細い両腕を体の横にたらし、手のひらで腰をパタ、パタ、と叩いた。その姿は、教室で私と話していた頃と寸分変わらない。

「あき先生」

男の子は私を見て、懐かしい声で呼んだ。声というものは、よほど極端な音でない限り、普段その特徴を意識しない。しかし、いざ人が話しているのを聞くと、絶対にその人だという確信を得る。

「宇一」

私は間抜けに名前を呼ぶことしかできなかった。よろよろと立ち上がって、彼の前まで近づく。つやつやした少し色素の薄い目が私の目を覗き込む。息が詰まりそうになる。宇一はしばらく私の顔をじっと見つめた後、ぺこりと頭を下げた。

「色々ごめんなさい……」

宇一がたどたどしくそう言うと、草角が「なんだ生きてたのか」と気の抜けた声で言った。

これは非常に面倒な話だが、簡単に言おうとすると拍子抜けするほどに簡単で、どう説明しようか迷う。というようなことを宇一がタラタラ言っていたので、草角は「簡単な方の話をとりあえずしろ」と言った。

「とりあえず、今夜僕をどこかに匿《かくま》ってください」

宇一がそう言うと、私は「は？」と存外大きな声を出してしまった。

「あの……この事態は明日なんとかするので」

「なんとかって、何をどうするつもりなの」

逃げていないで、今すぐ誰かに連絡した方がいいのではないか。家族はいったいどうして生きている子供の葬式を出しているのか。せめて今すぐ斎場に行って明日の告別式をキャンセルした方がいいのではないか。私はそんなことを必死にぐるぐる考えていたのだが、草角はふむと頷いて、「こいつの家行くか」と言って私を顎で指した。

「いったん腰を落ち着けて、宇一の話を聞こうぜ」

草角はどんなにわけのわからない状況でも、とりあえず目先の問題から素早く解決していこうとする。その為にはためらいなく使えるものを差し出せる、妙な強さがある。しかし、草角が今差し出そうとしているのは、彼の部屋ではなく私の部屋である。私がじろりと草角を見ると、彼は「俺のアトリエ茨城だし」と言って肩をすくめた。

そうこうしている間に他の弔問客がわらわらと歩いてくる気配があったので、急いで私のアパートに向かった。外壁は最近大家が塗り替えたばかりだが、いささか独特な趣味の持ち主で、夜目にも鮮やかな珊瑚色《さんごいろ》だ。草角が「悪夢っぽい」と笑いながら外階段を上ると、みしみしと建物全体を揺らすような音が響いた。四人の体重が載るとますます不穏な音になって、遥が「うちでもよかったですけど」と呟いた。

「親御さんいるでしょ」

私がそう言うと、宇一も黙ってこくこく頷いた。草角も「そうだな」と頷いて、「宇一の家が近すぎるしな」と言う。

「事情はよくわからんけど、今は家族に会えない状態なんだろう？」

草角の言葉に、宇一は「さすが先生……」と言って赤べこのように激しく頷いた。私は、草角が宇一と遥の関係を正確に覚えていたことに感心した。草角に言わせると、私の物覚えの悪さの方が異常らしい。私は大切な人に関することでも、歯抜けのパズルみたいに記憶がすっぽり抜け落ちてしまう。仕事に関することならどんなに詰まらないことでも覚えるようにしているが、親しい人の話はちゃんと聞いたり聞かなかったり、油断してしまうのだ。親しい人たちは何度でも話してくれるから。

部屋の中に三人を入れると、草角がすかさず「描いてないんだな」と厳しい目つきで言った。確かにここ最近全く描いておらず、部屋の床はいつもきれいだ。草角はふん、と息を吐いて、ベッドの前のちゃぶ台の一辺に座った。

「部屋かわいい……」

遥は部屋をぐるりと見回して、小さく呟いた。自称ダンサーが取り付けた鏡を気に入ったらしく、自分の姿を映してなぜだか満足そうにしている。古風な和室を無理やり洋風に改装しているので、天井は木目のままで、窓の位置は低く、畳を剝がして貼り付けたフローリングは少しガタガタしていて、独特な雰囲気ではある。遥は年季の入った木の窓枠も気に入ったらしく、窓の下にちんまりと正座した。クッションを放ってやると、尻の下に敷いて、長い脚を投げ出して座り直した。同性だからなのか、一応講師として信頼してくれているからなのか、初めて入った家なのに遥はすでにすっかり寛《くつろ》ぐ体勢だ。一方、宇一は玄関の隅で突っ立ったままだ。部屋の中をちらちらと見たり目をそらしたりして、落ち着きがない。そんな態度を取られてしまうと、私も落ち着かない気持ちになる。

「早く入りなよ」

そう言うと、宇一はぱっと顔を上げた。目はやはり湿っていて、縋《すが》るような色がある。宇一は昔から、時々こういう目で私を見る。

「ここに座りな」

「……はい」

宇一が草角の正面にのろのろと座ると、草角がコンビニ袋を出して、大袋の麦チョコと、四個入りのドーナツと、桃味の酎ハイを並べ始めた。味覚の偏ったラインナップを見て、宇一が小さく笑う。

「先生、講評の時いつもドーナツ食べてたよね」

「授業中はさすがに食ってねえよ」

「食べてたよ」

「ジュースは飲んでたかもしれない」

「お菓子もだよ」

食べただの、飲んだだの、くだらないやりとりを続けているうちに宇一はすっかり昔の調子に戻って、頬杖をついて草角の髭面を上目遣いに見た。その甘えた仕草は十七歳の頃と全く変わらなかった。

宇一は、放課後や休み時間に後片付けをする私たちの後ろに立って、何か話したそうな顔をすることがあった。しかし必ず声をかけなくてはいけないという圧力はなく、犬がうろついているような感じだったので、何も話しかけずに放置しておくことも多かった。彼は甘えたがりだが、おおむね従順だった。放っておくと、彼は一人で鼻歌を歌って、屋上に駆け上がっていった。三鷹の住宅街はあまり高い建物がなく、屋上に昇るとひそやかな街の明かりと夜の森が一望できる。彼は夜の街の風景が好きだった。私たちが共に絵を描く夜は、とても長くて豊かだった。

「これ、アキヤマパンのドーナツ？」

遥はおもむろに立ち上がってテーブルの上を物色し、ドーナツの袋を指差した。草角が「一人一個な」と言うと、ココア味をとって窓際に戻った。未成年の彼女に酎ハイを飲ませるわけにはいかないので、ひとまず湯沸かし器のスイッチを押す。湯沸かし器はやはり壊れかけているのか、何度かカチカチ押しても点かなかった。仕方がないので、冷蔵庫から紙パックの緑茶を出してコップに注いだ。

「ねえ、なんでお母さんは宇一が死んだと思ってんの？」

遥がドーナツを二つにぱかっと割りながら言った。宇一は困った顔で遥を見て、ぽそぽそと話した。

「ちょっと、この先のことで喧嘩して、何日か家出てたら、僕に似た身元不明の死体が出て、それを見に行って僕だと思ったみたい」

「え、その死体、誰なのよ」

「だから不明なんだってば」

宇一は少々いらだった風に言って、勢いよくバニラ味のドーナツを丸ごと一つ口に放り込んだ。遥が「信じらんないなにそれ」と言いながら足で宇一の尻をがしがしと蹴ると、宇一は「やめてよ」と言って蠅を払うような仕草をした。遥は普段けだるく大人っぽい雰囲気だが、宇一と一緒だと少女らしく見える。宇一は四歳年下の女の子に対しても特にお兄さんらしさは発揮できず、細い脚に蹴られている。

「落語みたいな話だなー」

草角が呑気《のんき》な声で言うと、宇一は頭を掻《か》いた。

「思い込み激しいタイプなんで……。母の兄に連絡してあるので、明日なんとかします」

宇一が一応対処していることがわかると、私たちはほっとした。さすがの草角でも、家庭の中の複雑な渦に入り込むことはできない。

「まあ俺には細かい事情は分からないけどさ。お母さんはきっとすごく傷ついてると思うよ」

「まあ、はい……」

草角の言葉に宇一は項垂《うなだ》れ、遥は「いい年して家出って何よ」と言って、またけしけしと宇一を蹴った。草角は遥をまあまあと宥《なだ》め、宇一に酎ハイを渡した。

「明日は大変だろうから今日は飲もう」

「そうですね……」

「ほい、お前も座れ」

草角がそう言って私にも酎ハイを差し出したので、ひとまずプルタブを開けた。宇一は困ったような笑みを浮かべたまま、ひそひそ声で「かんぱい」と言い、遥は上機嫌にかんぱーいと言った。私も乾杯と呟いて、一口だけ飲んだが、全然味がしない。たぷたぷと中身の残った缶をテーブルに置くと、草角が今度はドーナツを差し出してきた。彼は既にココア味を頬張っていて、口から太った円形が飛び出している。

「夜にドーナツは食べません」

　私がそう言うと、草角は眉をひそめた。

「どういうことだ」

「お腹痛くなるからです」

「昔はよくロールケーキで呑んでたじゃねえか」

「最近消化能力落ちまして。酒もお菓子も夜は無理です」

「ふーん」

　草角はつまらん、と呟いて、ドーナツを吸い込んだ。そして、ごくりと飲み込んだ後に「あ」と声を出して、ドーナツの袋をまじまじと見つめた。

「これがアキヤマパンだから食いたくないのか」

　草角が余計なことを言うと、宇一が小首を傾げてぱちぱちと瞬《まばた》きをして、遥が不思議そうな顔で「先生、アキヤマパン嫌いなの？」と聞いた。

「アキヤマパンの工場に就職して一週間で辞めたんだよな。早すぎだよな。まあ、おかげで講師になってもらったからよかったんだけど……」

　草角がにたにた笑いながら言うと、遥と宇一は不可解そうな顔をした。なぜ油画科を出たのに美術と無関係な仕事なのか、という疑問だろう。私も当時疑問だったし、同僚も上司も大いに疑問に思っていただろう。

　アキヤマパンは全国のコンビニやスーパーに商品を卸している製パン会社で、予備校の売店にも画材兼おやつとして食パンが常備してある。木炭をやわらかくぼかす為にしばしば食パンを使うのだが、アキヤマパンの食パンはしっとりしていて、時間が経っても乾燥しないので具合がいい。そこを経営しているのが親戚のおじさんで、就職先が全く見つからない私に入れ入れと言ったのだ。

工場はほとんどオートメーション化されていて、私に与えられた役割はひたすらバターをかき混ぜる機械の補佐をすることだけだった。他にももっと複雑な仕事があったが、私にはできないと思われていた。幼い頃から絵を描くくらいしか能がなく、それすらも大したことがないと分かって、親は落胆していた。

ひたすらバターをかき混ぜるなんて、何も考えなくていいから楽そうだなと思ったのだが、仕事はそんなに甘いものではなかった。どんなに単純な作業も、正確に遂行し続けるためには、ある程度その作業に集中し、思いを巡らせなければいけない。私は朝から夕方までずっと、バターかき混ぜ機について考えている必要があった。そうしないと、機械のリズムと手の動きがまったく馴染まず、ラインを止めてしまう。しかし自分を機械と同化させるのは難しく、へまばかりしていた。

「なんだっけ。バターになりそうだからやめたんだっけ」

草角が馬鹿にしたように言う。

「まあ、はい……」

訂正するのも馬鹿らしいので、さっさとこの会話を切り上げようとしていい加減な相槌を打つと、宇一がぽつりと言った。

「草角先生って、あき先生のことなんでも知ってるね」

声にはあからさまに嫉妬がにじんでいて、草角は苦笑した。草角は宇一のじっとりした視線を受け流し、「そりゃ、こいつの先生だったからね」とさらりと言う。

私の予備校時代は生徒も講師も友人のように仲が良く、大学に進んだ後も頻繁に宴会をしていた。時間の有り余っている学生にとって、この部屋は丁度いい溜まり場で、皆で集まって飽きもせずに延々と話し込んでいた。その頃は、草角もまだ画家としての仕事がほとんどなかったので、しょっちゅう酒盛りに付き合ってくれた。

「昔は結構生徒と飲んでたんだよなあ」

そう言いながら草角は酎ハイを飲み干し、煙草《たばこ》に火をつけ、空き缶に灰を落とした。以前は誰かが置いていった灰皿がいくつもあったが、私は煙草を吸わないし、これから先あまり部屋に人を招くこともないだろうから、捨ててしまった。大学を卒業してもう十年になろうとしているので、あの頃集まっていた人たちはみんな仕事や子育てでそれぞれの生活が忙しい。

「草角先生、あき先生の家によく来てたんだ……」

宇一はそう呟くと、暗い顔つきで俯《うつむ》いた。もう大学も卒業した大人だというのに、彼は相変わらず幼く、あからさまで、心の中を全然隠せない。その素直さは可愛いけれど、時々少しだけ鬱陶しい。

遥が私の顔と草角の顔をちらりと見て「もしかして、先生たちって付き合ってるんですか？」とひそひそ言うので、私は勢いよく首を横に振った。草角も「俺は違うよ」と否定しながら、ふうと煙を吐き出した。

「宇一だろ？　お前と付き合ってるのは」

草角は煙を見ながらさらりと、極力気負わない調子で言った。彼が下世話な話をしたい時に使う、不自然に爽やかな声である。言葉と一緒に肺から押し出されたうす青い煙が、霧のように天井に広がった。遥が「え」と声を出し、驚いてまん丸に大きくなった目を向けてきたので、私は慌てて否定した。

「違うよ」

私がそう言うと、草角は片眉を上げた。

「ああ、過去形なのか。すまん。どうりでぎこちない感じだと思った」

「過去もないです」

私と宇一は、そういうふうに結ばれたことはない。いつの頃からか、宇一の視線に特別な感情が滲《にじ》み出るようになっていたけれど、彼は私に手を伸ばさなかった。私たちが恋人として付き合っていたのなら、物事はもっと簡単だったろう。

「なんでそう思ったんですか……」

私がほとんど独り言のようにそう呟くと、草角は首を傾げた。

「だって、葬儀場に飾ってあった宇一の新作って、全部この部屋の風景だろ？」

その言葉に、宇一の顔がさっと青ざめた。

私は宇一をこの部屋に入れたことは今日まで一度もなかった。しかし、斎場のエントランスに飾られた大きなキャンバスに描かれていたのは、確かに私の部屋の風景だった。無垢材のざっくりとしたフローリングも、ベッドや押し入れの位置も、古い窓ガラスを透かした光も、鏡の反射も、ひどく見覚えのあるもので、他のよく似た部屋なんかじゃない。宇一の新作はすべて、私が過去に描いた絵と全く同じ構図だった。

　私が部屋の絵を描いたのは、もう何年も前のこと。予備校で働き始めてから程なくして、銀座のギャラリーのオーナーから突然連絡が入って、絵を見せてくれと言われたのだ。彼は、大学の卒業制作展で私の作品を見て興味を持ったらしい。私は絵に描いたように浮かれて、部屋の中を何枚かパステルで描き、ポートフォリオに突っ込んで銀座のギャラリーに向かった。学外のコンペや展覧会に出したことがなかったので、誰かに声をかけてもらったのは初めてだった。私はずっと、自分が画家になれるとは思っていなかった。草角の指導で無理矢理入った美大は、生まれた時から筆を握っていたような子や、個性的で華のある子がごろごろいて、私の出る幕は全然無さそうだったから。

　銀座の煤《すす》けた細いビルは、真新しいガラスのショッピングモールに押し潰されそうになっていたけれど、ギャラリーの中に足を踏み入れると、ふかふかした絨毯が敷いてあって嬉しくなった。

　しかし、いざオーナーに絵を見せてみると、彼はポートフォリオをパラパラと捲《めく》って、全く興味がなさそうに「モチーフの選択が面白いですね」と言うだけだった。ページを捲る速度はとても速く、私は、彼に是非にと望まれてここにいるわけではないらしい、ということに気づいた。あとで知人に噂話を聞いたところ、彼はテレビでザッピングするみたいに、ちょっとでも目についたらすぐに声を掛けて、自分のテリトリーで面談して「使えるかどうか」判断する人のようだった。卒業制作展から数ヶ月経ったあとに私に連絡してきたのは、他の優先順位の高い子たちを面談するのに忙しかったからだろう。彼は温度のない微笑を浮かべて「わざわざ来ていただいて、ご苦労様でした」と言った。

作品集はそのまま家に持って帰る気にならなかったので、予備校に寄って講師室の棚に置いた。せっかく描いたのに一枚一秒くらいしか見てもらえなかったから、誰かに見せたいと思ったのかもしれない。しかし一晩寝て起きれば、ぬかよろこびの高揚も、失望の怒りも沈静化して、わざわざ生徒の勉強時間を割いて見せるものではないような気がした。それ以来ずっと、講師室の棚に突っ込んだままになっている。

今となってはその一連の行動すら、若さと勇気の結晶のように感じる。今はそもそも描いていないし、これから描くことがあっても、気後れして、とても人には見せられない。絵を見せることは、自分の見ているものを人に見せるということ。それは、頭の中をさらけ出すことに等しい。そんな恐ろしいことを、どうして平気で出来ていたんだろうと思う。

私は目の前で項垂れる宇一をじっと見つめた。彼はいつも頭の中を隠さず外に溢れさせながら生きていた。彼の視線は彼の欲望の先に向かっていて、ひどく分かりやすかった。

宇一はぽそぽそと「あき先生の絵を真似しました」と言った。

「僕、三年生の時にギャラリーで個展したじゃないですか……銀座の。卒業したら二回目の個展をするという約束があって、なにか、新しいテーマで描けたらいいねって言われたんですけど、テーマとか僕は特に決めないので……」

ふかふか絨毯のギャラリーのオーナーは、大学の芸術祭で宇一の絵に一目惚れをして、すぐに個展を開催した。テレビでザッピングをするように見ていても、本当に良いものは一瞬でわかるのだ。宇一の個展に行くと、オーナーが出てきたが、彼は私のことは覚えておらず、愛想の良い微笑みを向けただけだった。

「何を描こうか考えていたら、先生の描いた部屋が頭の中に浮かんで、離れなくなったんです」

　宇一がそう言うと、遥がぴくりと片眉を上げた。宇一は熱烈な言葉とは裏腹に、憔悴《しょうすい》しきって疲れた声で、淡々と語った。

「先生の絵のイメージが頭の中に広がって、気持ちよくて、それしか考えられなくなりました。それで、頭の中をそのまま描いて持っていったら、オーナーに、よく似た絵をどこかで見たことあるって言われて……。僕が先生の絵を真似したって言ったら、オーナーがすごく怒って、個展は中止になりました」

　宇一が語り終えると、草角は大きなため息を吐いた。

「なんだってそんなこと……」

「その時は悪いことだと思ってなくて。今はちゃんと分かってます」

「うーむ」

　草角が腕を組んで難しい顔をしていると、遥が口を尖らせて「そんなに好きだったの」と言った。

「私、先生の絵、見たことないんだけど」

　遥が不満そうな、ふてくされた声で言うと、宇一がふわりと顔を上げた。

「講師室にポートフォリオがあったんだ」

　こんな話をしている時だというのに、宇一はどこか嬉しそうに、楽しい内緒話をするみたいに言った。

　宇一が時々講師室に忍び込んで、私のポートフォリオを眺めていたのは知っていた。彼は電気の消えた部屋の中で、外にばれないように卓上灯を一つだけ点けて、作品集をじっと見つめていた。細い首をぐぐ、と屈めて、時折その前髪が紙にくっつきそうなほど目を近づけたり、腕をうんと伸ばして遠ざけたりして、長い時間をかけて私の絵を見ていた。ゆっくりと、絵の中に深く潜り込むように。

「僕は先生の絵を何度も見ました。頭の中で完璧に思い浮かべられるくらいに」

宇一が静かな声で言った。森の虫たちも息をひそめて成り行きを見守っているみたいで、誰の声もしない。

絵を描くことは考えること。宇一は私の頭の中をじっと覗き込むように絵を見つめていた。そして私の存在の輪郭をなぞるように、丁寧にトレースした。それ自体は、決して悪いことなんかじゃなかった。

「……それ、いつの絵だ？」

ようやく草角が沈黙を破ったと思ったら、論点と全然違うところに食いついた。

「部屋の絵なんか、描いてたか？」

「……卒業してすぐの頃にちょっと。でも、失敗作なんで」

私がそう言うと、草角がじろりと厳しい目を向けてきた。

「じゃあ、お前の成功作って何」

「ないです。すみません」

私が即座に答えると、草角はうむと頷いた。

「そう、ない。俺たちは誰もまだ、何一つ描ききってないんだ。だから描かないとだめなんだ。盗作なんてしてる暇はないはずだ」

草角は森の熊のように堂々と説教した。しかし盗作という言葉はあまりにも宇一に不似合いな気がした。宇一の万華鏡のような油画は、とうにオリジナルの私の絵を超えていて、斎場でのちぐはぐな展示でさえ十分に美しかった。

「お前なんか、基礎からやりなおしの刑だ。まずはクロッキー百枚」

草角はそう言って、宇一の肩をばんっと叩いた。宇一が力なく「はい……」と返事をすると、草角は爽やかに笑って「よし」と頷いた。

「遥、ちょっとモデルになれ」

「はあい」

草角が流れるように指示をして、あっという間に私の部屋でクロッキー会の準備が始まった。遥はベッドに座って、脚を組んで手を横に垂らした。クロッキーは短時間でモチーフをスケッチする基礎訓練で、浪人生のクラスでも時々息抜きに行われる。そういう時はモデルを雇わず、生徒たちが交代でモチーフ台の上に乗ってポーズを決めるので、遥は慣れたものだ。腕を伸ばしたり、脚の組み方を変えてみたりして、楽なポーズを探っている。私が慌ててクロッキー帳と鉛筆を引っ張りだそうとしている間に、宇一は草角に肩を摑まれ、遥の正面に正座させられた。

私がくたびれたクロッキー帳を宇一に放り投げると、彼は薄い手のひらでパラパラと捲って、白いページを開いて鉛筆を斜めに走らせた。一切の迷いもなく、目の前の少女の輪郭を捉えるためだけに動く手は潔い。しかし感情が昂《たか》ぶっているせいか、形を正確に捉えているとは言い難い。

草角が「全然だめ」と低く呟いたので、私は宇一の傍にそっと立ち、腕に触れて「深呼吸」と囁《ささや》いた。すると、白いシャツの下の、筋張った硬い腕が微《かす》かに震えた。指先から、彼の体に流れる血潮の音が聞こえてくるような気がした。絵の描き方を教えることは、見る方法を指示すること。それは、相手を強く支配することでもある。私はいつも生徒たちを指導することに躊躇《ためら》いを感じていた。宇一は特に、すべてを晒《さら》して縋ってくるから、怖かった。

宇一は私の言う通りに深呼吸をして、力強い線で遥の姿を描き出した。

「やっぱり、宇一の絵っていいよね」

遥が姿勢を崩さず目だけでクロッキー帳を覗きながら、嬉しそうに言った。宇一の絵は、簡単な線だけでも特別な力がある。私の絵よりも明らかに優れていて、どうして私が先生なんだろうと思う。たまたま彼より先に生まれて、たまたま教室に立っていただけなのに。

今年の春に、ふかふか絨毯ギャラリーのオーナーから連絡があった。彼は古い知り合いのように親しみを込めた声で「お元気ですか」と言った。私が口ごもっていると、彼は勝手に話を始めて「川上宇一君って、あなたの教え子なんですね」と言った。そして、彼は実にシンプルに素早く、宇一が私の絵を真似したことを報告した。モチーフが少し似るくらいならあり得ることだが、宇一は私の絵と全く同じ構図で、全く同じ光の絵をいくつも持ってきたらしい。オーナーは私の顔を忘れたくせに、一度見た絵は写真のように記憶する体質らしく「私はすぐにわかりましたよ」と誇らしげに言った。「あなたの新作を見たいな。いつ来れますか？」と、彼は優しい声音で言った。才能ある人に盗まれることで、私の絵は彼の中で価値を上げたようだった。私はばかばかしいと思って、約束をしなかったけれど、それでもやはり少しだけ嬉しかった。そんな自分をひどくあさましいと思った。濁った、力のない、狂った、てんで駄目なデッサンみたいに、自分がとても不完全なものに思えた。

宇一の絵は明るく、透明で、遠い完全な場所をまっすぐに目指していた。私の絵なんて、彼に盗まれるのにふさわしくなかった。

私は絵を描く少年を見下ろした。既にクロッキーは一枚描き上がって、ぺら、と白いページが捲られた。すると、遥は素早くポーズを変えて、長い脚を組んで座った。遥はなかなか優秀なモデルで、一切身じろぎしないで彫刻のように固まっている。私と草角も、じっと黙って宇一を見ており、鉛筆がさらさらと走る音だけが部屋に満ちる、静かで豊かな夜だ。私たちはいつも、目の前のものをただ実直に描き出すだけで十分だった。

宇一がまた一枚描き終えて、ぱら、とページを捲ると、遥は今度はベッドの上で胡座《あぐら》をかいた。そして自然な仕草で足首に手を添えつつ、「あのう」と声を上げた。

「何？」

私が首を傾げると、遥はひそひそと言った。

「ちょっと言って良いですか」

何を言おうとしているか分からないのに、許可の出しようがない。

「あん？　手短に」

草角がそう言うと、遥は眉間に皺を寄せてじっと宇一を見つめた。

「宇一、鏡に映ってなくないですか」

遥がそう言うと、宇一がぱっと顔を上げた。そして、鉛筆を動かす手を止めて、クロッキー帳をぎゅうと抱きしめた。その背中は鏡に接しているが、鏡は役目を放棄したみたいに宇一を映していなかった。

草角は「なんだかそんな気はしてた」と言って、苦い顔をして顎髭を触った。私は慌てて宇一の肩を摑んだ。布越しに骨の感触も、血が勢いよく流れる気配も確かに感じられるのに、鏡に映る私は虚空を摑んでいる。

「死んだのか」

草角がシンプルに質問をした。彼はいつも単刀直入で、時々それが憎たらしい。宇一は「はい」と力なく頷いた。

「なんでだよ？」

草角が、彼らしくない、上擦った声で言った。宇一はクロッキー帳に隠れようとするみたいに体を丸めた。

「絵を描かなくちゃと思って、でも何を描こうと思って……よくわからなくなって……駅でぼうっとしてまして、気づいたら真っ暗なとこに落ちていました」

宇一の説明はそれで終わり。分かるような、分からないような死に方で、全然納得がいかない。草角も「バカ、なんだそれは」と言って怒っている。

何度見てみても、自称ダンサーの鏡に映っているのは、ベッドの上に座った遥、立って腕組みをしている草角、押し入れの前で座り込んでいる私だけ。あとは白い部屋と、踊る木漏れ日。いつの間にか夜が明けていて、部屋には金色の陽が舞い込んでいる。時計を見ると、十の数字をさしていた。ついさっきまで夜の十時くらいだと思っていたのに、いつの間にか朝の十時になっていたらしい。

宇一がクロッキー帳を静かに床に置いて、立ち上がった。

「なにしてんの？」

遥が宇一をじろりと睨《にら》んだ。

「葬式が始まるから、戻らないとって思って。最後に先生たちと話せて……すごく嬉しかったです」

　宇一が最後は涙声になりつつ私たちにぺこりと頭を下げた。そして、もう一度顔を上げて私の顔をじっと見て、「先生、迷惑かけてごめんなさい」と言った。草角が「待て待て」と手を上げた。

「棺桶に戻るってことか？」

「お別れの時には一応いないとだめだと思うんですが……」

　宇一もよく分かっていないらしく、首を傾げながら言った。こんなことになっても、彼は相変わらずいまいち頼りない。死者の作法など知らないが、宇一のことだから、思い込みや勘違いである可能性が高い。

「行かなくちゃだめなの？」

　私がそう言うと、宇一はじっと俯いた。何も答えないということは、迷っているということだ。彼は知っていることならはっきりと答えるし、全然分からないことも「分からない」とはっきり言う。彼は自分が消えるべき存在だと分かりながらも、可能なら消えないでいたいと思っているのだ。それなら、今日炉に投げ込まれる肉体が、魂を纏《まと》う必要はない。今こうして自由に絵を描けているのなら、そのまま描いていればいい。

「……逃げちゃえば？」

　遥がぽつりと言った。

「鏡に映らないことくらい、どうでもいいでしょ。そのまま生きればいいよ」

　あちこち転々としながら、絵を売って暮らそう。ふかふか絨毯ギャラリーに怒られてしまったのなら、他のところに売り込めばいい。遥の提案した逃避行は素敵なバカンスみたいに魅力的に思えた。明るい海を望む、どこだか知らない遠い街の中、キャンバスを抱えて歩く宇一の姿が目に浮かんだ。まるでおとぎ話の世界だが、ばかみたいな夢物語でも、やってみたら案外実現するかもしれない、と思った。

私はすぐに立ち上がって、押し入れから画板と布の鞄を取り出して、ありったけの画材を放り込んだ。そして宇一の手をひっつかんで、鞄を持たせようとした。しかし、長い指はじわりと湿っていて、土粘土みたいに冷たくて、鞄の紐《ひも》を上手く握れなかった。

「ごめんなさい」

宇一の妙に静かな声が聞こえて、よくよく彼を見ると、頭が随分低いところにあった。どういうわけだか、宇一の体は半分ほど床に埋まっていた。

「なにこれ」

私の部屋の床板は少し歪んでいるけれどどこんな変な穴なんてない。この部屋で、こんなおかしなことは起こり得ない。私が苛立って宇一の腕を力任せに引っ張ると、彼はか細い声で泣いた。

「泣かないで」

「先生」

「なんとかしてよ、どうしたらいいの」

「時間です……」

がたんと窓が鳴って、見上げると、そこにはこっくりとした夜の黒が貼り付けられていた。先ほど夜が明けたと思ったのに、時計が示していたのはやはり夜の十時だったのだ。しかし、外は暗いのに、どうして部屋の中に金色の光が踊っているのだろう。そう思った瞬間に、熱風に体を吹き飛ばされ、くるくると転がってベッドにぶつかった。何事かと慌てて起き上がると、部屋が金色に燃えていた。燃え上がる炎は大きな渦を巻いて、部屋の中で暴れまわった。クロッキー帳もドーナツの袋も、夏の陽みたいな明るい炎に包まれて、きらきらと火の粉を吐き出した。まるで夏祭りの花火、金の紙吹雪。宇一の姿はどこにあるのか全然見えない。心臓がどくどくと忙《せわ》しなく脈を打ち、頭の中にうるさく鼓動が響いた。

「宇一！」

どこに行くの。ここで一緒に絵を描こう。

しかし呼びかけに応えるものはなく、ただ炎がぱちぱちと燃えていた。

目を覚ますと、金色の炎が目に飛び込んできた。

眩《まばゆ》い朝陽のかけらかと思ってぼんやり眺めていたら、本当に床の一角から小さな炎が立ち上っていたので、私は慌てて起き上がった。起きる寸前まで夢を見ていたような気がするけれど、立ち上がった拍子にぽろぽろ記憶が抜け落ちて、手繰り寄せようとしても、くぐもったアラームに邪魔をされる。電話が部屋のどこかに落ちている筈なのに、どこにあるのか分からない。

体が凝り固まっていてうまく動かないのは、床の上で寝ていたからだろう。ベッドの上には、遥が掛け布団もかけずに寝ており、草角はスーツのジャケットを蓑虫《みのむし》のように巻いて床に転がっている。昨夜は通夜の後に部屋で飲み直して、草角は一人で酎ハイを一ダースも空けていた。十中八九、彼が出火原因だろう。草角は寝る寸前まで煙草を吸うので、時折服や家具を焦がす。炎は草角の右手のすぐ先で燃えているのに、彼はぐうぐう鼾《いびき》をかいて寝ている。

私は草角が頭に敷いていたクッションをずるっと引き抜いて、炎をばんばんと叩いて消した。炎は存外あっけなく消えたが、床にぽっかりと大きな黒い穴が開いてしまった。

「嘘でしょ……」

大家にどう謝ろうと思いながら穴を見下ろしていると、草角がもぞもぞと起きて、呑気に「おはよう」と言った。そして目をこすりながら黒い穴を見て、「なにこれ、隕石？」と言った。取り返しのつかないことが起きているのに、私たちは寝ぼけ眼で、頭はぼんやりしている。

やがて遥も目を覚まして、ぼさぼさの長い黒髪を手でとかしながら、私の側まで歩いてきた。

「なにこの穴」

遥はそう言って、黒い穴の横にしゃがみこんだ。

「焼けたの」

私がそう言うと、遥は中をじっと覗き込み、「なにも見えないですね」と言って、ほっそりとした白い手を、黒い、どこへ続くともわからない虚空に伸ばした。

最後の肖像

むかしむかし恋人たちがいて、男が遠い異国へ旅立ってしまう前夜に、女が壁に映った恋人の影をトレースした。それが、人類の絵画の始まりであるという。古代ローマの博物学者、プリニウスが語った伝説だ。もし本当にそんなことをした女が居たとしたら随分変わっている。絵を描くためには対象と一定の距離を置かなければいけないので、触れ合うことはできないし、影を必死になぞっている間は、肝心の恋人自身を見つめることも出来ない。生身の彼とのふれあいを犠牲にして、彼女が絵にして残そうとしたのは何だろう。恋人が旅立つ前夜、彼女は彼よりも彼の影を熱心に見つめていた。

僕は『絵画の歴史』と題された本を膝の上に置いた。読んでも読んでも一向に序章から出られないので目次を確認してみたら、序章が全体の三分の一もある。なんだこの構成は、と思いながら本文の最終ページを見ると、（続）とあった。一冊で終わらないならタイトルに「上」とか「1」とか付けるべきだろう。なんて説明不足なんだ、まったく、と憤りながら本を閉じた。

『迷子のお知らせです』

森の向こうからくぐもったアナウンスが聞こえてきた。今日は芸術祭の初日で、美大のキャンパスは多くの人が行き交っている。校舎は学生たちの手でテーマパークのように作り変えられ、あちこちにカラフルな屋台が並び、美術展示や手作り雑貨のマーケット、演劇などが繰り広げられている。舌足らずのアナウンスは、小さな子供を校門近くの魔女の館で保護したと報告した。芸術祭は毎年異なるデザインテーマを掲げているが、今年は童話の世界らしい。大学の校門から続くメインストリートには、小人や植え込みに隠れている兎《うさぎ》、豚の兄弟などがいた。主に西洋のフォークロアを参照しており、青ざめた尖塔《せんとう》の城の書き割りは浦安のテーマパークを彷彿《ほうふつ》とさせた。しかし、物語の世界が断片的に抜き出されてうぞうぞと蠢《うごめ》いている様は、夢の世界というよりは悪夢の世界のようだった。秋晴れの日差しは彼らの極彩色の衣装を際立たせ、チカチカとうるさかった。屋外展示を見ようとしたら、酔っ払った白雪姫が千鳥足でふらふら接近してきたので、するりとかわして逃げるようにここにやってきた。

キャンパスの片隅にひっそりと佇《たたず》む民俗資料館はいつも通り誰もいなくて、何も開催されている気配がない。パレードの音楽や甲高い笑い声は途切れ途切れに聞こえてくるだけで、同じ敷地内にいるとは思えない静けさだ。他の校舎はコンクリート打ちっぱなしのモダンな設計なのに、民俗資料館は古めかしい木造の平屋建てで、森の奥に隠されるように建っている。所蔵品は古い家具から農具や工具、祭祀《さいし》の飾りまで多岐に亘るが、きちんと整理して展示されていないので、ほとんどごみに見える。いくつもの部屋にぎゅうぎゅうに詰め込まれていて、来館者は自由に見て回ることができるが、あまりにも多いので途方に暮れるだろう。リノリウムの床は茶色くくすみ、壁には無数のひび割れが走って、窓の木枠は腐って黒ずんでいる。中庭をぐるりと囲む廊下はふわりと明るいが、肝心の庭は職員が食べるナスやキュウリがぽつぽつと植わっているだけで色気がない。

「来てたんですね」

きしきしと耳障りな音を立てて引き戸を開いて、背の高い男が顔を出した。白井《しらい》、と書かれた名札の上には堂々と室長と記されているが、彼は民俗学の学位もなく、学芸員資格もなく、実態は見張りのバイトである。最近は芸術評論などもやっていて、訪問者のいない事務室で日がな一日文章を書いているらしいが、彼が評論家としてどの程度活躍しているのかよく分からない。一応美術業界の末席に居る自分がよく知らないのだから、大したことはないんだろう。今しがた読むのを諦めた、『絵画の歴史』の著者である。

「なんだ？（続）って」

本の文句を言うと、白井は笑みを浮かべた。白い瓜実顔《うりざねがお》はほぼ完璧に左右対称で、薄く口を開けて口角を上げると能面みたいだ。

「終わらなかったんです」

「ちゃんと書き終わってから本を作ればいいのに。僕は続編が出てから読むからな」

「続編はそのうち出るけど、終わらないと思います」

「またそんなぼんやりしたことを言って……」

「もうスカウト攻撃は終わったんですか」

白井が僕の言葉を遮って言った。

「……今日は気乗りしないからもう帰る」

「珍しいですね。いつも仕事熱心なのに」

僕は毎年、美大の芸術祭や卒業制作展を訪れて、良いと思った作品の作者に声を掛ける。そして画廊でじっくり話をして、しばらく作品を見て、売れそうだと思った時にデビューさせる。お客は喜んで買って、画家は絵の具代を稼ぐ。全く素敵なことだ。しかし、あまりにもたくさんの学生に声をかけるので、白井は時折ちくちく言う。

「最近評判悪いですよ」

「僕が？」

「見境なく声をかけているように見えるって……」

「学生の間で噂になってる？」

「少し」

僕はふん、と鼻を鳴らした。

「才能ある子が沢山いるからだよ。良いことじゃないか」

「でも、結局ほとんどデビューさせないじゃないですか」

「一年に個展を開ける回数は限られているし、画廊の方針とか、いろいろあるんだ。僕は所詮雇われディレクターだし、全部思い通りにはならない」

僕がそう言うと、白井は僕の顔をじっと見た。

「本当に、ちゃんと作品を好きになって声を掛けているんですか？」

「期待はしている」

僕がギャラリーで請け負っている仕事は新人探しだ。まだ完成していないけれど、いつか良い作品を作るかもしれない人に声をかけているので、すぐにデビューさせられるものではない。ある程度時間をかけて、芸術家として育っていってほしいと思っている。それなのに、芸術家の卵たちは数度会ううちに僕に失望して離れていってしまう。

「深瀬《ふかせ》さんは無表情だし言葉足らずだから……。若い人とはもう少しフランクに、にこやかに接すればいいと思います」

「そんな贅沢《ぜいたく》言わないでほしいな」

僕の態度に問題があることは分かっている。しかしうわべだけ取り繕ってもすぐにボロが出るから意味がない。正直に接して、嫌われてしまったのなら、縁が無かったというだけだ。補欠は他にいくらでも見つかるし、そのうちの誰かは必ず画家になる。銀座の小さなギャラリーでぽつぽつと個展を開催できる程度の作家数は、常に確保できるから問題ない。

オーナーは海外を廻ってほとんど不在にしているため、若い人たちは僕がオーナーだと勘違いすることが多い。それ故過剰に期待して、勝手に失望していく。芸術家の卵たちは、僕が彼らをどこか素敵なところへ押し上げてくれる存在だと思っているらしいが、僕にそんなたいそうな力はない。目の前の世界から連れ出して欲しいのは僕の方だ。強くて明るくて美しいイメージの力で、目の前の風景から連れ去ってほしい。

「ま、お茶でも飲みますか……」

白井はそう言って、僕を事務室に招き入れた。事務室にも所蔵品が溢《あふ》れかえっていて、家具だの農具だのがごちゃごちゃと並んでいる。質素な箪笥《たんす》、曇った鏡、褪《あ》せて茶色くなった着物の山は、数ヶ月前と全く同じ位置にあり、片付けるかきちんと並べるかしたらいいのにと思う。

白井は窓際のひび割れたソファを指し示した。

「長居はしない」

僕がそう言うと、白井は首を傾《かし》げた。

「何しにきたんです？」

「別に何も。ただの挨拶だ」

「へえ、ご丁寧にどうも」

白井はそう言って左右対称の微笑みを浮かべた。白井の年は五十に差し掛かる頃で、同年代の人たちに比べれば随分若く見えるが、昔よりは幾分顔の肉が重力に従って垂れ、皮膚の肌理《きめ》が粗くなった。数ヶ月会わない間にまた老けたような気がする。僕は彼の顔全体に満遍なく視線を走らせ、詳細な画像として記憶した。

僕の記憶はぺらぺらとした写真の形をしている。何かを思い出そうとする時は、頭の中に沢山の写真が入った引き出しをイメージして、そこに手を突っ込んで目当ての静止画をまじまじと見つめる。一度集中して完璧に記憶すれば、絵画などの静止画は脳内でいつでも自由に鑑賞できる。それ故、目の前に実物の絵がなくても、小さなモチーフや色合いについて詳細に語ることが出来る。すると、仕事相手は僕の記憶力に驚き、賞賛し、僕がとても熱心で見識の高い人間だと解釈する。

しかし動くものは難しい。生きている人間の顔は特に複雑で、笑ったり、しかめ面をしたりして、目の位置も頰の膨らみも肌の色も瞬間ごとに変化して、ひとところに留まっていない。顔をくまなく見て脳内写真に定着させようとしても、笑ったり怒ったりするとスキャンの途中で顔が変わってしまう。自然と、僕の脳内に蓄積された写真はぼうっとした無表情のものがメインになるが、それも日や時間ごとに微妙に違っていて、いくつ保存しても足りないくらいだ。

僕は目の前で動き回る人間の顔に、脳内で保存していたいくつもの写真を重ねて見て、一瞬でも一致すれば安心してその人の顔だと認識する。しかし時間が経てば経つほど実物と脳内写真は大きくずれていってしまうので、何度も更新しなければいけない。白井は人間にしてはかなり表情が少なく、ほとんど動かないので覚えやすいが、それでも会うたびに造形は細かく変わっていく。

いま目の前にいる人は、実は全然知らない人なのかもしれない。人と会って話をする時は、いつもそんな疑念がちらりと横切る。刻々と移り変わるものたちを、どうにか同一のものとして認識しようと努力している日々は、いつ手違いが起こってもおかしくない。

先日年上の知人が、似ても似つかない赤の他人に肉親と思い込まされて、数ヶ月も同居していたということがあった。知人はすっかり実の親と信じていたが、たまたま訪ねてきた親戚がすぐに気づいて通報した。いざ警察に突きだしてみれば、そのあとはすっかり赤の他人にしか見えなかったという。あまりのことに知人は脳の病気を疑ったが、加齢による多少の萎縮はあれど、重大な異常は見つからなかった。騙された知人も、その周りの人たちも狐につままれたような顔をしていたが、僕はそんなに不思議なことだとは思わなかった。

「コートジボワールのアートフェアは評判が良かったらしいですね」

所蔵品なのか備品なのか分からない、古いマガジンラックの埃《ほこり》を落としながら、白井はそう言った。評判が悪いだの良いだの、本人は大して興味がないくせに、愚にもつかないことをちょくちょく教えてくれる。

「あれは、僕はほとんど何もしてない。名前が出てるだけだ」

時々、海外の芸術祭や企画展を手伝うことがある。習慣の違う異国の地で行う仕事は、それなりに刺激的なエピソードに満ちているが、面白おかしく彼に語る気分にはならない。

「なんだか偉くなったんですねえ……」

白井はそんな風に呟いた。嫌味ではなく、本心から感慨深そうに言っている。彼の頭の中には、出会った頃の僕のイメージがしぶとく残っているのだろう。

僕と白井が出会ったのは三十年前。僕は大学を卒業して間もないフリーターで、積極的に就職活動をすることもなく、ちまちま日銭を稼ぎながら、誰かにいい仕事に誘われるのを待っていた。大学では美術史の研究をしていて論文は高く評価されたのに、世の中にはろくでもない仕事しかなさそうで、全然やる気が起きなかったのだ。視線は常にふらふらと目の前の世界ではないどこかを泳いでいて、さぞかし頼りなく見えただろう。

白井はこの美大で写真を専攻しており、玉川上水沿いの小さな家で彼の姉と同居していた。僕は白井の姉と恋人関係だった。それ故、当時の僕の目は彼女ばかり追いかけており、白井のことはあまり記憶に残っていない。白井は恋人の生活に付随するおまけのようなもので、こんな年になっても顔を突き合わせて話をしているとは思わなかった。

白井と彼女の顔は似たようなパーツで構成されていたが、その印象は大きく違っていた。彼女はある瞬間に溢れるような笑みを浮かべていたかと思えば、ふいに不安げな顔になったり、しかめ面をしたりして、ひと時も目が離せなかった。雷鳴のように激しい怒りを閃《ひらめ》かせたり、豪雨みたいに泣きだすこともあった。僕は彼女をじっと見つめてあらゆる瞬間を記憶しようとした。彼女の感情の源泉は理解できる時もあればさっぱり分からない時もあった。分かったとしても、そこまで激しい反応をするようなことなのかと首を傾げたくなる感じだった。僕は彼女の感情をまともに受け止めたり、ましてや風向きを変えるように働きかけることなど一切できず、ただ黙って見ているしかなかった。雲の行方に対して何もなすすべはないのと同じように。

「こんにちは……」

ふと、頭上から見知らぬ声が降ってきた。顔を上げると、いつのまに出てきたのか線の細い男の子が目の前に立っていて、ぺこりと頭を下げている。白井が少年に手短になにやら指示すると、彼は再び小さく会釈をして、音もなく立ち去った。絹に岩絵の具で描いたような、きめ細かな質感の子である。

「……バイト？」

僕が聞くと、白井は「そうです」と言ってどこか得意げな顔をした。

「最近忙しいんで、午後だけ学生をつけてもらっています」

「ここのいったい何が忙しいって言うんだ」

「民俗資料館のデジタルアーカイブを作ることになったんです。資料の写真を撮って、説明文と一緒にホームページで公開するんですよ。あの子はデザインとコーディングができるので、いろいろ手伝ってもらっています」

「デジタルアーカイブ……」

この埃臭い場所に似合わない、随分現世風な言葉だ。せっかくの資料をこんなところに入れたままにしておいても、誰にも知られぬうちにひっそりと暗闇の中で埃に変わってしまうだけだから、確かに少しは意義はあるんだろう。しかし、あまり刺激的な仕事ではないなと思った。

「絵を描く子ではないんだな」

「彼はデザイナー志望なので、深瀬さんの範疇外《はんちゅうがい》ですよ」

なんとなく良い絵を描きそうな予感がしたのに残念だ。そう言うと、白井は「めざといのか、節穴なのか……」とぶつぶつ言いながら、泥色の回転椅子に座った。白井の事務机には古い書物や藁半紙《わらばんし》が積まれていて、彼が手をつくと山がひとつ崩れて机の上にざあっと広がった。大量の藁半紙には、グレーバックで綺麗に撮影された民具の写真と、解説文が印字してあり、白井がひとつひとつ赤入れしているようだった。案外真面目に仕事をしているらしい。

「わざわざスタジオで撮影してるのか」

どこかの神社から引き剝がしてきた藁人形が、複数台のストロボでライティングされて、百貨店の商品カタログみたいに写っている。

「廊下の突き当たりでロールスクリーン垂らして撮ってます」

「自分で撮ってるのか……」

「ストロボとか久しぶりに使ったんで、そのへんの学生にちょくちょく教えてもらってます」

白井は美大を卒業した後はカメラマンの使い走りとして広告写真のスタジオに就職したが、すぐにやめた。

「一日五点くらいしか撮れなくて、単純計算で十年かかるんですよ」

「十年先もここでバイトできるのか？」

「はい。十年間の仕事が決まってるって、結構安らかな気持ちです」

「新しい展開だな……」

白井はカメラマンのアシスタントをやめた後は広告屋の営業になり、それもすぐにやめて結婚してみたり、また一人になったりしながら気付いたら母校の片隅のバイトにおさまっていた。

彼はどんな環境にいても四年くらいで飽きてしまう。中学、高校、大学は二、三、四なので無事に卒業したが、小学校は六年間もあるので最後の二年は不登校だったらしい。白井はいつも如才ない笑みを浮かべて愛想良くしているが、他人と二人きりで向かい合って話していられるのは一時間弱。僕はあと三十分後くらいにこの部屋を追い出されるだろう。人間嫌いというわけではなく、むしろ人と話すのは好きな方らしいのだが、時限爆弾のように他者の存在に耐えられなくなる瞬間が来るらしい。短い期間でもよく結婚できたなと思う。白井がまともに長く時間を共にすることができたのは肉親だけだった。

再び男子学生が音もなくやってきて、僕の手前のテーブルに亀裂の入った茶碗を置いて、またすうっと消えた。この資料館にあるものは大体どこかに傷が付いている。茶を飲むと、これが茶であるということが認識できるぎりぎりの薄さだった。

「相変わらず、味がないな」

「極限まで薄く淹れると、少し甘いでしょう」

ここの茶は白井が毎朝薬缶《やかん》たっぷりに作るのだが、大学から支給される茶葉が少ないので、二リットルの薬缶に対して小さじ一杯ほどしか茶葉を入れないらしい。

「茶葉くらい、多めに貰《もら》えばいいだろう」

「大学は標準的な消費量を定めてまして、それを超える分は、出せない決まりなんですよ」

「けちだな」

そう言うと、白井はふふ、と笑った。

「学校の杓子定規《しゃくしじょうぎ》な感じは嫌いじゃないんですよね。ルールが明文化されていて、それさえ守っていれば文句言われないんです。カメラマンのアシスタントの時も、営業の時も、結婚していた時も、よく分からない暗黙のルールを破って怒られてばかりいたので……」

「なんとなく想像がつくよ」

「深瀬さんもきっと似たようなものですよねえ」

「そんなことはない」

薄い茶を一気に喉に流し込んで、目の前の壁をじっと見た。全体的に古い建物だが、この壁は特に劣化が激しく、陽に焼けて、紅茶をこぼしたみたいな色をしている。ちょうど西日が森の隙間を通り抜けてまっすぐに差し込み、全体が金色に光った。日光は染料の退色を早め、繊維を分断し、あらゆるものをぼろぼろに風化させてしまう。ふつう、博物館や資料館などと名のつく施設はしっかりと遮光するものなのだが、ここはいい加減だ。

この部屋に訪れたことは何度かあるが、この壁はいつも手前に並ぶ民具の陰に隠れて暗いので、まじまじと見たことがなかった。僕はなんとなく視線を走らせ、断水の知らせや展覧会のチラシ、美術館のポストカード、カレンダーなどをスキャンした。すべて大昔の印刷物のように褪せているが、日付を見るとここ最近のものばかりだ。

現代の印刷物が一様に退色してノスタルジックな色合いになっている中、一枚だけくっきりと鮮やかなものがある。ポスターの間にぽつんと貼り付けられた白黒写真は、高いコントラストを保ったまま、ぴかぴかと輝いて見えた。おそらく製作された時代は一番古いのに、一番鮮度が高く見える。古典的な白黒の銀塩写真は、近年のカラー印刷よりも耐光性が高いらしい。

「その写真、誰なんだ」

僕が白黒の肖像写真を指してそう聞くと、白井は首をかしげた。写真の中には木がぽつぽつと生えた田園風景が写っており、画面の真ん中に着物を着た女性が立っている。

「さあ。僕が来た時からここにあるので……」

白井は写真を壁からぺらりと剝がして、裏側を見た。

「何も書いてませんね。綺麗な人なので、もしかすると女優とか？」

白井は写真を見ながらぶつぶつ言った。随分長くそこに貼ってあったのだろう。写真を剝がしたところは、周囲の紅茶色よりも数段白く四角に残っている。しかも、白く残った四角の中にも細かな濃淡があり、ぼんやりと人の形を描いている。あまりにも強い日光にさらされ続けたせいで、光が画像を転写してしまっているのだ。写真の白い部分は黒い部分より光を通すので、写真で白かった部分が紅茶色になり、黒かった部分は白い壁の色のまま残って、明暗が反転した絵になっている。

「写真が壁に写ってるよ……」

僕が指差すと、白井は壁を見て「ほんとだ」と言って笑った。

「光の絵ですね」

「カーテン引いたほうがいいんじゃないのか」

「外が見えないの嫌なんですよ」

白井はそう言って、写真をまた壁に貼り付けた。壁に描き出された白い四角にぴたりと合うように几帳面に重ねると、ぼんやりとした茶色い人影の上に、鮮明な写真がコマ送りのアニメーションのように重なる。それをじっと見ていたら、明らかにおかしいことに気がついた。

僕はソファからすっくと立ち上がり、白井が丁寧に貼り付けた写真を引っ剝がした。白井は「あ」と抗議の声を上げたが、構わずに写真と壁の絵を並べて見た。写真の女性は額を出して後ろに髪を結っているが、壁に転写されたぼんやりとした図像は、長い髪を肩に垂らしているように見える。

「壁の絵と写真が違う……」

僕がそう言うと、白井は目をぱちぱちと瞬《しばた》いて「めざといですね」と言った。

昔から貼ってある写真というのは嘘で、この写真はつい最近貼られたものなのだろう。よくよく見ると、写真の上部を留めるセロファンテープもまだ真新しく透明で、いかにもついさっき貼り付けたという感じだ。

「いつもは、ここには違う写真を貼っているんですが、深瀬さんが来る時だけ別の適当な古写真を貼っているんですよ」

白井はそう言ってふふ、と笑った。僕は「何のために？」と聞いたが、また微笑むだけで何も答えなかった。普段はいったいどんな写真を貼っているのか、何故僕に見せないようにしているのか、謎をちりばめるだけちりばめて、それ以上説明する気はないようだった。もったいつけた言い方をするので気にせざるを得ないのだが、どうせ白井は答えを言わないだろうから、気にするだけ無駄だ。僕は小さくため息を吐《つ》いた。

白井がこういう謎めいたことをする時、彼の姉との血縁を強く感じる。彼女もまた奇妙な悪戯《いたずら》の多い人間だった。本の栞《しおり》の位置を変えたり、マグカップを隠したり、鞄《かばん》に菓子のおまけの人形を潜ませたり、些細な子供のようなことばかりで、可愛いといえば可愛かったが、意味不明だった。大抵のことは黙って受け流していたが、栞の位置を変えられるのだけは本当に嫌だったので、何度注意をしようと思ったか分からない。

僕は正しい手順を重視する。本の続きを読もうと思って手を伸ばす時、僕は栞の挟まれたページの鮮明な記憶を引き出し、それと現実のページがぴったり重なることを期待して本を開く。記憶したページと現実が一致することで、初めてスムーズに本に集中できるのだ。しかし彼女が栞の位置を変えると記憶と現実が重ならないので混乱し、苛々《いらいら》して、読もうという気持ちが一気に失せる。僕はそういう時、一瞬彼女に失望してしまう。しかし、すぐにそんな些細なことで失望してしまう自分が情けなくなり、自分を責める。結果として僕は僕自身の評価を下げるだけで、彼女のことは不問に付していた。

それがかえって不満だったのか、彼女は次々に自分で小さな事件を起こしていた。彼女の機嫌が悪ければ悪いほど、いたずらはより多くの手間がかかるようになっていった。ある時は、ボーダーのマフラーのしましまを全部分解して、同じ色だけを縫い付けて色違いの二本のマフラーを製作したりなどした。僕は驚いたが、マフラーに関してはしましまであることにそんなにこだわりは感じていなかったし、二本に増えて嬉しいくらいだったので、僕はやはり大した反応をしなかった。

僕は彼女が何をしても、空を見上げて天気がいいとか悪いとか思うような、呑気《のんき》な感想しか抱かなかった。栞の件以外は。実際、栞も含めて悪戯の内容は概《おおむ》ね他愛ないと言えるようなものだったし、彼女だって僕にヒステリックに叱られたかったわけではないだろう。それでは、彼女は僕にどうされたかったのかというと、それもまたよく分からなかった。僕はただ謙虚に、目の前で起こる出来事を淡々と受け止めていた。

「僕と姉さんが暮らしていた家に住んでるようなんです。あの学生」

白井は不意にそう言って、棚の向こう側を見た。部屋の奥から、微《かす》かな物音が聞こえ、やがてきしきしと音を立てて引き戸を引いて出て行く気配がした。バイトの男子学生の勤務時間が終了したのだろう。少年は軽やかな足音を響かせて遠ざかり、玄関のドアを開けて出て行った。

「あの家、人が住んでいいのか……」

森のかげに佇む、あの小さな家。焦げ茶色の板張りの廊下、こぢんまりとした階段の暗がり。僕はああいう一軒家に暮らしたことがなかったから、少し怖いと思っていた。三十年前に白井姉弟が住んでいた家は、常に樹の枝が覆いかぶさっていて、全貌をはっきりと見たことはなかった。

「貸し家ですから。住人が死んでしまったら、また新しい住人を迎え入れるだけです。もとから僕たちのものではない」

「だから、あの男の子を雇ったのか？」

そう聞くと、白井は苦笑した。

「まさか。雇い主は大学なんで、僕は彼の住所は知らされてませんでした。雑談しているうちに偶然知ったんですよ。彫刻科の女の子とルームシェアしてるらしくて、毎日ホームパーティーみたいで楽しそうだ」

「恋人？」

「いえ、学校から紹介されたシェアメイトだそうです」

「酔狂だな」

「深瀬さんは人と暮らしても苦痛しか感じないんでしょうね」

白井はそう言って能面の笑みをうかべた。確かに、今更誰かと住むなんて面倒臭いことは考えられないし、ましてや初対面の人と空間を折半するなどごめんだ。

「まあ、もう一人暮らしもだいぶ長いしな……」

僕がそう言うと、白井は首を振った。

「いいえ、あなたは昔からそうでした」

彼は唐突に僕の手からふわりと空の茶碗を奪った。帰れという合図だ。


この町には年に二、三回訪れているが、年々薄暗く、じめじめと黴《か》びてきたような気がする。畑は潰され、のっぺりとしたアパートが建ち並び、風の通りが悪くなった。国道がずどんと通って、排気ガスと車の音も鬱陶しい。昔よく行っていた店も軒並み潰れてしまって、随分寂しい町になった。三十年前に僕がバイトをしていた居酒屋も跡形もなくなっている。

僕と白井姉弟が出会ったのはその居酒屋で、僕は淀んだ顔つきでのろのろとビールを運び、彼女たちはのそのそと夕食代わりにおでんを食べていた。僕はその仕事には何の思い入れもなく、機械人形のように給仕をしていたのだが、薄い梅酒でご機嫌になった彼女が僕を呼び止め、人懐っこく話しかけてきたのだ。

「卵は何時間煮るの？」

彼女が僕にかけた第一声は、いきなり意味不明だった。僕が首をかしげると、彼女は小皿の上の卵をさして「これ」と言った。黒檀のような色に煮こんだおでんが美味しい居酒屋だったが、僕は料理にも酒にも興味がなく、卵の煮方など知らなかった。弟の方は胡乱《うろん》げに僕を見ていたが、彼女は「ねえ」としつこく呼びかけ、話を続けたそうにしていた。卵の煮方を知らない僕がどんな風に会話を続けたのかは忘れた。彼女が白い腕をふわりと乗せた、居酒屋の黒ずんだテーブルの細部だけをよく覚えている。煮卵を潰した箸、ぱらぱらと花びらのように散った黄身、汗ばんだ分厚いグラスなど、つまらないところばかり鮮明だ。

彼女の声を脳内で再生しようとしてもうまくいかない。発言は「卵は　何時間　煮るの」と内容が書かれた紙になって、脳内の引き出しにぺらりと入っている。僕は音声をそのままの姿で記憶できない。それでも必死に彼女の声を思い出そうとすると、脳内の引き出しから出てくるのは「しっとり」「甘すぎない」という抽象的な言葉たちが書かれた紙で、菓子パンの感想となんら変わらない。「さ」行を発音する時に少し声が不明瞭にざらついて、それがいいアクセントになっていた、なんていうくだらない解説ならできるが、その音を頭の中で響かせることはできない。僕が脳内で再現できるのは視覚情報だけだ。

駅へ向かうささやかな商店街をとぼとぼ歩いていると、タイムセール中の肉屋の軒先で、揚げ物を物色する少年の姿が目に入った。先ほど白井のところで見かけたバイトの学生である。この町は今も昔もとても小さく、住人たちの行動範囲は大体変わらない。僕も昔はよくここで買い物をして、白井家へトンカツを差し入れていた。

僕と彼女は居酒屋での出会いの後も、何度も町で遭遇し、距離が縮まるのにそう長い時間はかからなかった。恋人がいれば、日銭稼ぎの仕事もそれなりに華やいだ気持ちでこなせた。僕はぶらぶらと軽やかな気持ちでバイト生活を満喫して、何の疑いもなく、自分の未来は彼女との生活の地続きにあると思っていた。どうしてそんなに前向きだったのか、今となってはよく分からないのだが、多分若くて幸せだったんだろう。そうして彼女との交際が二年ほど続いた頃に、知り合いから画商のアシスタントの話がきて、僕は一も二もなく乗っかった。

その時は自分が切望していた仕事だと感じた。日本をしばらく離れる必要があったが、何も問題だと思わなかった。

今思うと、あの時きちんと話し合って、深刻な調子で「待っててくれるか」などと言えばよかったんだと思う。

三年ほど海外を巡って帰ってくると、彼女は別の恋人を作って玉川上水の家で同居していた。どういうことなのか聞きたかったが、既に違う人がいるところにずかずかと入り込むことはできなかった。弟の方は大学卒業と同時に家を出ており、人生の迷路にふらふらと迷い込んでいた。変わっていないのは僕の心だけで、突拍子もない未来にタイムスリップしたような気持ちで、呆然と水辺に立ちすくんだ。

僕は三年という時間が恋人関係を解消するほどのものだと思っていなかったが、彼女は違ったらしい。僕は、何かの答えを出したり、約束が果たされるまでに何年もかかるのは当然だと思っていて、待つのは全く苦じゃない。一方、彼女は堪《こら》え性がなくせっかちだった。彼女と僕の時間の捉え方は、きっと夏休みの小学生と年寄りくらいの隔たりがあったんだろう。

彼女がよく悪戯で移動させた栞は、つねに僕が読んでいたページよりも先にあった。それが何かを意味していたのか、単なる手癖だったのかは不明だ。彼女に聞いたところで、「べつに」とはぐらかされるだけだっただろう。彼女は悪戯をして僕の気を引きつけておいて、いざ理由を聞けば煙に巻いてスルリと逃げた。

僕は彼女がさっぱり分からなかったし、分かろうとする努力もあまりしなかった。自分の理解が及ばないものについて、なんとなくの推測で納得した気になるのが最も不誠実だ。それなら潔く分からないままの方がいい。相手の正体がちっとも見えないのに、そこに在る肉体を信じられないくらい美しいと思えるから、それが恋だと言えるのではないだろうか。

　彼女という、よく分からないもわもわとした大きな不定形のものを押し込めている肉体は、やはり様子がころころと移り変わった。色相は鮮やかに遷移して、太股や胸は気まぐれに樹木のような血管が浮かび上がった。酒を飲んだ時の彼女は特にきれいだった。皮膚は薄紅色に色づいて、細かな汗がきらきらと鎖骨の上で光った。僕は彼女の飲酒に付き合わされると最後の方は大抵具合が悪くなって、彼女の肩にぐったりと寄りかかりながら、上水沿いの家まで帰った。見上げた街路樹が幽霊のようにぼんやり光っていたのは、よく覚えている。しかし彼女の皮膚の感触は思い出せない。僕は今まで何度も頭の中で反芻《はんすう》しようとしたが、「ふわふわ」だの「しっとり」だの、やはりパンの感想と置き換え可能な言葉が書かれた紙が、ぺらぺらと脳内の引き出しから出てくるだけだ。


　翌日はなんとなく仕事をする気にならなくて、美容院に行った。直角三角形のガラスが積み上げられたような、凝った外観のビルの二階に上ると、ほっそりとした美容師に迎えられた。「いつもの感じで」「はい」と短い会話を交わす。僕の髪が伸びるペースはきっかり一ヶ月に十ミリなので、彼は僕が前回訪れた日にちから逆算して、伸びたぶんだけの毛髪をカットすればいい。海外出張が続くと若干ペースが落ちるが、ここ二十年ほとんど変わらない。美容師の容姿も服装もほとんど変化がなく、彼が扱う精密な鋏《はさみ》と同じように、よく磨かれた金属のような印象を保っている。彼は余計なことはなにも喋《しゃべ》らず、空中に鋏を閃かせてぱちぱちと切っていく。

　鏡越しにふと目が合うと、美容師は「ちょっと待っててくださいね」と言って、別の客の対応に走った。代わりに、美容師を縮小コピーしたようなアシスタントが近寄ってきて、僕に雑誌の束を見せてきた。

「僕の鞄を持ってきてくれませんか」

ユニセックスなファッション誌の束にちらと視線を落としてからそう言うと、アシスタントは小走りでバックヤードから僕の鞄を抱えて戻ってきた。やはり美容師の手を縮小コピーしたような、無数の傷跡だらけの手から鞄を受け取って中を覗いたが、目当てのものは見つからなかった。この空白の時間に白井の本の続きでも読もうかと思ったが、民俗資料館に置いてきてしまったようだ。

プリニウスの伝説の女が描いた絵は、のちに陶工の父親が土で模《かたど》ってレリーフにする。あれは絵画の起源の話ではなく、彫塑芸術の起源の話なのだ。そのことについて、白井が本の中でどのように言及しているのか確かめたかった。プリニウスはさも見てきたかのように怪物の話をするので、絵を描いた女も恋人も陶工の父親も、十中八九作り話だろう。しかし、もしその女が実在したとすれば、彼女の寂しさを慰めていたのは壁に描かれた絵ではなく、確かな手触りのある彫刻だったのではないかと思う。視覚だけではあまりにも頼りない。

「お待たせしました」と、大して待たされていないが申し訳なさそうに言って美容師は戻ってきた。そして一ヶ月前と全く同じように髪型を整えて、いつものように「良い一日を」と言って僕を送り出した。一ヶ月ごとに繰り返される同じ動作、同じ台詞、リピットされる髪型に、時々気が遠くなりそうになる。

地下鉄にしばらく乗って日比谷で降りたら、知らぬ間にヨーロッパ風の空間が出来ていた。

洒落《しゃれ》たパン屋で昼食を買って、建物の中で五分ほど迷子になってから地上に出る。この街は有機体のように地図が伸び縮みして、唐突に現れる空間にいつも面食らってしまう。

古風な街灯の見慣れた通りに入るとようやくほっとして、すいすい歩いてギャラリーに向かった。雑居ビルの湿ったコンクリートの階段を上り、ガラスドアを開き、ふかふかの絨毯《じゅうたん》を踏む。空間をぐるりと囲む白壁には何も掛かっておらず、ぽつんと次回の展覧会の看板だけが置いてある。白い看板の中央に印字されているのは『forest』という繊細な筆記体と、何語だか分からない、読めない名前だ。僕の担当作家の展覧会は案内状作りも会場作りもひととおり面倒を見るが、他の展覧会のことは全く知らされていない。公立の美術館のようにきちんとした年間計画はなく、オーナーが気まぐれに新人を連れてきて突然個展が始まることも多々有るので、これもそういった類の展示だろう。

看板を眺めながら、今しがた買ったコーンブレッドをぼそぼそ食べていると、受付係の女の子が「落ちてますよ」と注意した。ダークグレーの絨毯の上に、パンのかけらが淡雪のように散っている。「ごめん」と言って、おやつにしようと思っていたクリーム入りのふかふかしたパンを分けてあげると、彼女は無邪気に喜んだ。受付係はオーナーがどこからか連れてくるアルバイトで、大抵お腹を空かせた貧乏な美大生だ。常時五、六人在籍していて、日毎に立っている子が替わる上に、みんな一年ほどで辞めてしまう。この子は比較的長く続いていて、何度か言葉を交わしている。赤茶色の巻き毛、青みがかった明るい色の肌がきれいだが、ところどころに細かな傷跡やマメがある。「彫刻　とか　やってます」と、彼女が以前発した言葉が脳内の引き出しからぺらりと出てきた。

女の子はクリームパンをもそもそと食べて、「すごく高価な味がする」と言った。

「金額は他と大差ないよ。所詮パンだからね」

「すごくおいしいです」

「それはよかった」

彼女はクリームパンを咀嚼《そしゃく》し終えると、ふわりと微笑んだ。

僕はふっと目をそらして「来週金曜の午後二時から来客があるから、応接室あけといて」と言った。すると彼女は頷《うなず》いて、くたびれた手帳に日付と時間を書き込んだ。そんなことをしなくても、受付の横にあるパソコンでネット上の共有カレンダーに情報を打ち込めばいいのだが、物理的な紙にメモを取らないと気が済まないらしい。彼女はせっせと手帳に数字を書き付けると、ふと顔を上げて苦笑した。

「一回手で書かないと、すっぽり抜けちゃうんですよ。記憶喪失みたいに」

「パソコンに入力しておけばパソコンが憶えておいてくれるんだから、君が忘れても問題ないだろう」

「そういうの、なんだか気持ち悪いんですよね」

「そうかい」

彼女はパソコンと親しくないようだが、四角い軀体《くたい》がらら、と軽やかな音を発すると、しぶしぶと覗き込んだ。

「あ、オーナー、来れないんですって」

僕も彼女の後ろから小さい画面を見下ろすと、ちかちか光の粒子が目障りな画面に、素っ気なく並んだ文章が見えた。『打ち合わせが入ったから行けない。職人も手違いで来れない』一瞬で読み終えてしまう文章を睨《にら》みながら、彼女は深いため息を吐いた。

「もう、二人でやるしかないですね」

「何の話？」

「明日から始まる展示の設営です」

「僕がやるの？」

「手伝いにきたんじゃないんですか？」

女の子は眉間に皺《しわ》を寄せて首を傾げた。

「事務所の資料を取りに来ただけだよ」

僕は基本的に打ち合わせやイベントのある日しか出勤しない。毎日電気をつけたり、ふかふか絨毯に掃除機をかけたり、お客に説明をしたり、手紙を整理したりするのは受付係の子たちの仕事だ。ひとつひとつの仕事は単純だが、毎日確実にこなさないとギャラリーが成立しないので、実質彼女たちが運営しているとも言える。ここは一応僕の勤務先だが、いつも他人の家に来ているような感覚がある。

「まあそう言わず。手伝っていってくださいよ」

彼女はお茶でも飲んでいってくださいよ、と言うように言った。

「僕、釘とか打てないんだけど」

「段ボール解いたりしてくれればいいんで」

そうこう言っている間に、ぞろぞろと運送業者がやってきて、手慣れた様子で段ボールの山を積んでいった。

「作家は来るの？」

「来ないです。作品は好きなように扱っていいって……」

「指示書もないの？」

「オーナーが作ったざっくりした図面はあります」

女の子は人差し指でパソコンのキーをのろのろと叩いて、古ぼけた小さなプリンターに落書きのような図面を吐き出させた。その間に僕は設営道具を用意しようとしたが、白手袋だと思ったらトイレ用のゴム手袋だったり、トンカチかと思ったら壊れた椅子のパーツだったりして、特に何も進まなかった。僕がもたもたしている間に、女の子はどこからか工具箱を持ってきて、ギャラリーの真ん中で水平器をセットし始めていた。水平器は円筒形の銀色の機械で、赤いレーザー光線を出して四方の壁に完全に水平な線を描く。三脚を伸ばして空間の中にぽつんと立つ姿は、他の星に着陸した宇宙船に似ている。脚の高さを変えながら生真面目な顔で水平器を操作する女の子は、一人だけ生き残った宇宙飛行士みたいだ。彼女は物理的な作業には強く、てきぱきと工具を揃えて準備を進めていく。

僕は彼女の腕をちらと見ながら、皮膚の感触を少し想像してみた。「すべすべ」「さらさら」。凡庸な擬音が書かれた紙が、脳内の引き出しからはらりと飛び出る。もう長いこと人の肌に触れていないので、語彙はどんどん貧弱になっている。

「そこの段ボール開けていってくださーい」

ぼうっとしていると、すかさず女の子から指示が飛んできた。言われた通りに段ボールを一つ開くと、中から現れたのはシンプルな黒い額装の抽象画だった。

「版画……？」

僕は絨毯に座り込んで、画面をまじまじと見た。箱から次々に出てくる絵は全て似たようなイメージで、クリーム色の画面に、赤紫色の斑点のようなものがぽつぽつと散っている。

僕が一つ一つ梱包を解いてじっくりと眺めていると、女の子が図面を片手に隣にしゃがみこんだ。

図面にはいくつかの四角が描き込まれて「木漏れ日」や「小川のある広場」など、概要が記されている。しかし絵と照らし合わせようと思っても、全部同じような斑点の抽象画なので何がどれだか全然分からない。女の子は額縁をひっくり返して裏側を見てみたが、そこにも何も記載はなかった。

「何が描いてあるか分からないね」

僕がそう言うと、女の子は「これ、絵じゃないんですよ」と言った。

「そうなの？」

「死体の網膜の写真らしいです。死んだ生き物の網膜って、最後に見た風景が写真みたいに残っているんですって。この作品は、動物の死骸から網膜を取り出して、拡大してプリントしたものなんだそうです」

「ほう……」

僕はまじまじと斑点を見た。網膜には、光を感知して変化する色素が集まっており、眼球に入ってきた光のとおりに絵を描き、その図形を脳へ伝達する。生きている目は次々に違うものを見るので、網膜の絵はすぐに作り変えられてしまうけれど、死んだらすべての活動が停止するので、網膜の絵も最後に見た光のまま固着されるだろう。確かに原理としては写真に似ている。

「どうやって死体の網膜を持ち出したんだろうね。こんなに沢山」

僕がそう言うと、彼女は「殺したんですよ」と言った。これは油彩ですよ、と言うように。

「作者はハンターなんですって。森の中で動物を追い詰めて、自分が作品にしたい風景を動物が見た瞬間に、絶命させるんだそうです。だからタイトルが『forest』なんですよ。ここに写っているのは、死の間際の動物が見た、森の風景なんです」

「悪趣味だね」

僕がそう呟くと、彼女もこくりと頷いて顔をしかめた。

「私も好きじゃないんですよね」

絵柄としては少々退屈だし、コンセプトや手法も暴力的すぎて好ましくない。自然と、僕たちが額縁を分類する手は遅くなった。しかも、やっぱりどう見ても「木漏れ日」も「小川のある広場」も全然分からない。網膜は写真のフィルムほど緻密ではないので、この抽象画のようにぼんやりとした図像しか残さない。視覚は常に、複数の情報を脳内でつなぎ合わせたパズルだ。目は何往復もして丁寧に現実をスキャンしなければ、何も見えてこない。

「なんとなくで並べましょ」

女の子はそう言ってぽんぽんと素早く額縁を並べていった。僕は慣れない手つきでのろのろと釘を打ち、どうにか日付が変わる前に設営を終わらせた。


不気味なハンターの個展は無事に開催されたらしいが、僕は行っていない。あとから調べてみたら、作者のプロフィールは公開されておらず、どこから来たどんな人間なのかさっぱり分からなかった。作品は単調でやや退屈な画面だったが、手法が珍しいからか、幾つかの美術情報サイトや雑誌に取り上げられていた。

僕はざりざりとした霜に覆われた土を踏みながら、裸の樹を見上げた。今日は年度末恒例の卒業制作展で、学生たちが学んだ成果をいっせいに学内で展示する。芸術祭のようなふざけた装飾や出店がないぶん、作品展示に徹していて見応えがあるが、いかんせん冬の玉川上水は寒すぎる。学校に向から客たちは、みなマフラーに顔を埋めて小走りになっている。

学内はエアコンのごうごうと稼働する音が響き渡っているのに、校舎のつくりが開放的なせいでちっとも暖まらない。外部からの客は屋内でもコートを脱がず、寒さに身を縮こまらせながら作品を見ている。しかし、学生たちはみんな信じられないほど薄着で、氷のような石の椅子に腰掛けて、煙草《たばこ》を吸ったりパンを食べたりしている。彼らの頰は一様に薄《う》っすらと赤く、柔らかそうだ。

僕の皮膚は青ざめて硬くなっている。寒さに対する耐性は落ちていて、冬が訪れるたびに皮膚は年々縮こまって柔軟性を欠き、そのうち粉々になって崩れるような気がする。

いくつか気になった作品と作者名を記憶して、足早に森の奥に駆け込み、民俗資料館のドアを開けた。すると、石油ストーブの甘い香りと熱気に包まれ、ほっと息を吐いた。訪れるものなど滅多にいないのに、鉄柵に覆われた古めかしいストーブは懸命にエントランスを暖めている。僕がじっとオレンジ色の光に手をかざしていると、ぴぴ、と、くぐもった電子音が聞こえてきた。廊下の奥からぼんやりとした光が射していて、時折強く明滅する。そろりと覗くと、白井が廊下の突き当たりの壁に白い幕を張って、所蔵品の撮影をしていた。シャッター音とストロボの制御装置の電子音が断続的に続いている。

白井は白い幕の真ん中に置かれた古い道祖神を隅に避《よ》けると、今度は黴《かび》の生えた卒塔婆《そとば》を立てかけた。所蔵品は主に市民からの寄贈で成り立っているらしいが、ここにあっていいのだろうかというものも沢山ある。白井は立てても立てても倒れてくる卒塔婆に苦戦していたが、僕の気配に気づくと、手を止めて振り返った。

「一枚、写っていきませんか？」

「は？」

「置物ばっかり撮るの、飽きてきちゃったんで……」

十年続けなくてはいけない仕事なのに、もうそんな調子では先が思いやられる。僕がため息を吐いて「いやだ」と言うと、白井はふふ、と笑った。

「深瀬さんは相変わらず写真が嫌いなんだな」

確かに写真に写るのは嫌いだが、今はそういう話をしているのではない。僕は黙って腕を組み、ひび割れた壁に寄りかかった。すると、白井が再び卒塔婆に向き合いながら、ぽつりと言った。

「……姉がよくぼやいてました」

「何を？」

「記念写真が少ないって」

「必要だと思わなかった」

「あなたはそうでも、相手がそうとは限らないでしょう」

写真は他者に情報を伝達するためのものだ。自分と恋人がのんびり暮らしている風景など、他人に見せるものではないから撮る必要がない。それに、動的な美しさは、静止画に落とし込むと必ず損なわれる。写真は彼女のごく一部の側面しか写せないし、彼女が用意した安価なカメラで通りすがりの人が適当に撮った写真など、何も美しいところがなかった。

僕が写真を渋ると、彼女は「私は、あなたみたいな記憶力はないの」と言った。だからどうしても写真が必要なのだと。ぺらぺらとした銀塩写真は、彼女にとっては思い出を反芻するための大切なよすがだったらしい。

脳内の写真よりも不便だし場所もとるし金もかかるが、彼女が必要だというなら仕方ないと思って、僕は嫌々ながらも大人しく撮られていた。

「写真くらい、普通に写ってやればよかったのに」

白井はそう言いながら、ようやく立った卒塔婆をパシリと撮影した。

「写ってたよ」

「渋々ですよね」

白井はそう言って笑った。それから卒塔婆に向けて何枚かシャッターを切った後、床の上にそっとカメラを置いて、すぐ横の事務室の扉を開いた。ああ疲れたと、大仕事を成し遂げたかのように言いながらのろのろと中に入り、僕を招く。意外なことに事務室には最新式のエアコンが配備されており、無言で生ぬるい息を吐き出していた。僕がマフラーを解きながらひび割れたソファに座ると、白井はすっと『絵画の歴史』を差し出した。

「忘れ物です」

「……ああ」

確かめようと思っていたことがあったのに、仕事に追われているうちにすっかり忘れていた。本を受け取ると、真ん中あたりに栞が差し込んであった。僕はまだこの本のはじめのほうしか読んでいないので、白井が移動させたのだろう。どうしてこの姉弟は他人の本を勝手にいじるのか、と思いながら栞のとおりにページを開いてみると「光の絵」という章の序盤だった。光を写し取るという行為は、私たちの眼球を反芻する行為だ、という書き出しで、死体の網膜についての解説が続いていた。

最初に死体の網膜を見てみようと思ったのは、十九世紀のドイツの生理学者だった。彼は動物を解剖して網膜を取り出し、溶液に浸して固着、染色して、そこに描かれた光の絵を見ることに成功した。それはぼんやりとした影絵のような図像だったが、確かに実験動物が頭を切り落とされる寸前に見た、窓辺のシルエットが写っていたらしい。その後殺人事件の証拠として被害者の網膜が使われたこともある。しかし死者の網膜に殺人者の顔が都合よく残っているはずはなく、裁判ではろくに役に立たなかったそうだ。

「うちのギャラリーの展示、見たのか？」

そう聞くと、白井は「見てません」と言った。てっきり、感想代わりに茶を挟んで寄越したのかと思ったが、特に意味はなかったようだ。白井姉弟の謎めいた振る舞いには、明確な意図がある時とない時があって、いまいち法則性が定まっていないから読み損ねる。

「ちょうど死体の網膜の作品だったんだよ。ぼんやりした点々が写ってるだけの、ぼんやりした作品だった。大したものじゃなかったけど、なんだかそこそこ話題にはなったらしい」

僕が簡単に説明すると、白井は「ああ」と頷いた。

「それ、僕が作ったやつですね」

「え？」

僕は思わず、本から顔を上げて白井の顔をまじまじと見た。その顔にはどことなく気恥ずかしそうな苦笑が浮かんでいる。

「二十年前に、別名で写真家として作品を発表していた時期があったんです。全くの無名でしたけど、深瀬さんのところのオーナーがなんだか気に入ってくれて、全部預かってくれました」

「……そんなことしてたなら、教えてくれればよかったのに」

彼がいきなり仕事を始めたりやめたり、誰かと一緒になったり離れたりするのはいつものことで、多少のことでは動じなくなっていたが、作家活動をしていたとは意外だった。

「でも、深瀬さん、その頃ずっと僕に会ってくれなかったじゃないですか」

白井はそう言って、じっと僕の目を覗き込んだ。確かに、二十年前のあの頃は仕事以外では誰とも会わないようにしていた。白井は僕の沙汰無しを責めるが、彼だって僕に連絡を寄越したりはしなかった。あの頃の彼はあんな手のかかる作品を作っている暇などなかった筈《はず》だ。森に行ったり猟銃の免許を取ったり、そんな面倒なことを積極的に行うイメージもない。

「猟なんかいつの間にできるようになったんだ」

そう聞くと、白井はあっさりと「あれは嘘ですよ」と言った。

「……なんだと？」

「嘘というか、物語というか……そういう設定です。僕は森でハンティングなんかしてないし、動物の網膜も取り出していない。そんなこと素人がいきなり出来るわけないでしょう。博物館にあった網膜の写真を参考に、それらしい点描画をいくつも描いて、写真に撮って拡大したものです。つまり、あれは手の込んだ絵画の写真なんです。深瀬さんのところの人たちがどのように説明して売ったのか分かりませんがね」

ギャラリーの展示では、すべて作り話だという説明はなかった。しかし、すべて紛れもない真実であるとも書いていなかった。

「僕はもう僕の作品に興味がないし、好きに扱っていいと言ってあります」

白井はそう言うと、回転椅子に腰掛けて、ぐらぐらと背もたれを揺らした。作家が架空の物語を作って作品を構築することはあるが、鑑賞者がきちんと嘘を嘘だと分かっていなければ詐欺になると僕は思う。しかし、説明を曖昧《あいまい》にしたままの作品はごまんとある。作品の情報をどの程度開示するかという判断は重要で、生きている限りは作家本人に委ねられる。それなのに、白井はまるで他人の作品のような態度だ。

「どうして作ろうと思ったんだ？」

そう聞くと、白井は「姉が殺されたからです」と言った。

「裁判でいろいろな人が過去を詳細に語ろうとするのを聞きながら、なんだか、どうにも頼りないなと思いましてね。法医学者の見解なんかを聞きながら、ふと、姉の網膜にはどんな風景が残っているだろうと思ったんです。それで、あの作品を着想しました」

二十年前の今頃、あの家で白井の姉が殺された。犯人は彼女の元恋人で、喧嘩《けんか》の末の過失致死だった。僕は、その男がどこからやってきて、彼女とどのように過ごしていたのか知らない。僕との関係が消滅した後に付き合い始めた人ではなく、また更に別の人間で、白井とも面識はなかったらしい。航空会社で運航管理の仕事をしていて、上品で頭のよさそうな人だったそうだ。だからこんなことをしでかすなんてとても意外だった、と周りの人たちは言っていた。僕は何がどう意外だか全然ぴんとこないし、どうでもいいと思った。仕事や経歴や背格好など、断片的な情報が指し示す男の特徴は、起きてしまった異常な出来事の前では何の意味もない。ただ彼女が殺されたという事実が目の前に転がっていた。

事件はそもそも男の自首で発覚したし、彼は深く反省していたので、誰がどうやって殺したかなんて眼球に聞く必要はなかった。白井の空想どおりに彼女の網膜を取り出して見ることができたとしても、裁判の役には立たない。殺人事件の被害者は、自分に襲いかかる殺人者の顔を凝視したかと思えば、自分に死をもたらす凶器を見て、殺人者の場違いに陽気な服の色なんかを見て、そして背後の空を見る。網膜は忙《せわ》しなく光を記録しては神経に明け渡し、即座に忘れる。

痴話喧嘩の末の殺人など、日々ニュースで騒がれる事件たちの中では特に目立った異常ではなく、白井も、近所の人たちも、無闇に興味本位の人たちに騒がれることはなかった。近所はほとんど学生向けの賃貸アパートで、住人はすっかり入れ替わったので、もう誰も覚えていないだろう。

白井は事務机の紙の山の奥から湯のみを掘り出して、ずずっと啜《すす》った。僕の視線に気づくと、彼は「お茶淹れますね」と言って立ち上がった。今日はバイトの少年はいないらしく、白井自ら茶を淹れてくれるようだ。彼はドアを開けしなに部屋を見渡して、たった今気づいたというふうに「夜だ」と呟いた。冬の日没は一瞬だ。乱雑に置かれた民具やひび割れたソファが、いつのまにか藍色に沈んでいる。

白井は古めかしい大きな卓上灯のスイッチを押して部屋を出て行った。すると、かちかちと細かい明滅の後に蛍光灯が点いて、事務机の間近の壁がぼんやりと青白く浮かび上がった。カレンダーやチラシが無造作に貼り付けられた壁の中、際立っているのはつやつやと光を反射する小さな写真だ。前に来た時は着物を着た女の白黒写真だったが、今日は洋服を着た女のカラー写真が貼られている。ぼんやりと背景に写っているのは見覚えのある水辺の風景で、そう遠くない過去の玉川上水だと分かる。

写真の中の女は前髪を眉毛に少しかかる程度に切り揃え、後ろは長く垂らしている。細い鼻を正中にしてほぼ対称に目と眉が並んでいるが、左右の二重の幅が微妙に違っているので、どこか愛嬌のある顔つきだ。少し開いた口から健康そうな前歯の端が見え、陽を浴びた髪の一本一本がくっきりと描き出されている。精細に捉えられた髪と、ぼやけた背景のコントラストが美しく、きちんとしたレンズで撮られたということが分かる。しかし写真は随分日に焼けて、かなり退色している。

「……剝がすの忘れてました」

写真をじっと見つめていると、いつの間にか白井が茶を持って傍に立っていた。彼は珍しく素早い動きで僕に湯のみを押し付けて、ぬっと写真に手を伸ばした。

「見られたら困るものなのか」

「深瀬さんは写真が嫌いだから」

白井はそう言って、写真を折り曲げないように慎重に引き剝がした。そしてそっと右手のひらに乗せて、僕から隠すように背を向けた。

「これ、僕があの家を出るときに、最後に姉を撮った写真なんです」

白井の言葉に、僕の顔は一瞬強張った。しかし白井はじっと写真を見下ろしていて、僕の顔など見ていない。

白井は右手のひらを天に向けたまま、ゆっくりと左手で机の引き出しを開けた。そこには似たような構図の写真が沢山詰まっていて、すべて玉川上水を背景にして女性が一人で笑っている。前回この部屋で見た白黒写真も入っていて、年代はばらばらだが、同じ町を背景にしているから不思議な統一感がある。白井が今しがた取り外した写真を引き出しにそうっと仕舞うと、あっという間に無数の写真たちに埋もれた。

きれいな女の人だとは思うけれど、他に特別な感情は全然湧いてこない。僕は、写真の真ん中で笑っているのが彼女だと分からなかった。

「深瀬さんと別れてから二年くらい経った頃ですかね。あなたと付き合ってた頃より少し痩せてるでしょう」

白井はそう言ったが、僕は何も答えられなかった。頭の中で、僕の知る彼女の顔を思い出そうとしても、うまくいかない。写真の女は確かに彼女と同じ特徴を持っていると言える。しかし、脳内の引き出しから彼女の写真を取り出して、照らし合わせてみようとしてもうまくいかない。

二十年前、葬儀の席で彼女の死体の顔を見た。彼女に対して行われた暴力の痕跡が、一切見えないように綺麗に整えられた青白い顔は、清潔な白木の箱におさまっていた。静止して横たわっていると、生きている人間より随分小さく見えて、蠟《ろう》の人形みたいだと思った。目を閉じた顔は簡素な白っぽい化粧を施され、繊細な彫刻作品のようだった。僕はそれが、全然彼女の顔だと思えなかった。

違う人の葬式に来てしまったのではないかと思って、慌てて祭壇の写真を見上げると、そこには旅行写真か何かを切り抜いた急ごしらえの遺影があった。カメラに向かって笑っている女をじっと見つめても、やはり知らない人にしか思えなかった。

僕は脳内の引き出しをひっくり返して、彼女の写真を幾つも取り出してみた。夜桜の下をふらふら歩いている横顔、こぼれそうなビールの泡を啜っているところ、大口を開けておでんを食べているところ、毛足の長い絨毯に顔を埋めて寝ているところ。無数の写真たちはすべて、背景の木の葉まで精細に捉えているのに、彼女の顔だけが蠟人形のような冷たい死体の顔に差し代わっていた。あの人はあの時たしかに笑っていた、しかめ面をしていた、泣いていた。それなのに、接着剤で貼り付けたように不自然に閉じられた瞼《まぶた》、唇、青白い皮膚が無数にコピーされて、僕の頭の中を埋め尽くしている。

「深瀬さんが全然写真を欲しがらないので、姉は寂しく思っていました。でも、僕は喜ぶべきことだと思ってます。あなたは、写真に頼らなくても忘れないでいてくれる」

白井はそう言って能面のような微笑みを浮かべた。

彼女が写真を撮ろうとする時、僕はどうしても腰が重かったし、たまに押し付けられる焼き増しの写真にはほとんど目もくれず、適当に仕舞い込んでいた。そんな僕に対して、彼女が何か文句を言っていたのは覚えている。その言葉の断片はぺらり、ぺらりと引き出しから出てくるけれど、彼女の怒った顔は青白い死体の顔に差し代わっている。

「あなたの目は写真のように物事を記憶できるんでしょう？」

白井は長い腕をぬらりと伸ばし、ゆっくりと手を僕の顔面に近づけた。ある距離を境にての指先に焦点が合わなくなり、複数の半透明の像が左右に重なった。僕は息を止めて、じっと指先の行方を見守っていた。あと数センチ進めば僕の眼球に触れるだろう。しかし、白井は寸前でふっと手を下に落とした。

僕は長く細く息を吐いた。老いても視力は衰えず、色覚も幅広く、視界に濁りは一切ない。脳内で生成される静止画は細部までくっきりと鮮やかだ。それでも僕の目は曖昧で不完全だ。

「……普通の目だ。写真だって、必要な時は見る」

「そうですか。それなら、この写真あげましょうか」

白井はそう言うと、先刻仕舞った写真を再び取り出した。そして画面を傷つけないように慎重に紙の端を持って、僕に向けて差し出した。

「お前のお気に入りなんじゃないのか」

「さっき、随分熱心に見つめていたので」

白井は僕の爪の先にこつん、と写真の角をぶつけた。

僕は写真を受け取って、女の輪郭をなぞるように触れてみた。しかし印画紙はただひたすらにつるつるしているだけで、髪も、頬も、唇も、何も感じられはしない。僕は目の前の男に視線を移す。彼の顔の特徴は、確かに写真の中の女と一致する。皮膚の薄い瞼、明るい瞳、細い鼻筋、あまり大きく開くことのない口。しかし彼女はもっと、綺麗で、柔らかくて、華《きゃ》奢《しゃ》で、明るくて、眩しくて、激しくて、不思議で、怖かった。頭の中の引き出しから、ぺらり、ぺらりと抽象的な言葉の書かれた紙が出てくるが、それらはぼんやりとした影すら描かない。

僕は再び写真に目を落とした。写真の中の女は相変わらず知らない顔で笑っている。これは誰だろう。僕は誰を愛していたんだろう。冷たい写真も、冷たい死体の記憶も、目の前の男も、全部ばらばらで繋がらない。

「やっぱり、いらないよ」

僕はそう言って、写真を白井に突き返した。

ここは夜の水のほとり

頼りない灯火を辿《たど》って、遥《はるか》は長い廊下を進んでいる。外の歩行者天国では観光客がパラソルの下でお茶を飲んでいるけれど、このビルの中はしいんとして冷たい緊張が漲《みなぎ》っている。整然と並ぶ暗色タイルの合間にいくつかのドアが見えるが、固く閉ざされて正体はよく分からない。遥は眉間に皺《しわ》を寄せてきょろきょろと周りを見ながら歩き続け、突き当たりの壁にようやく僕の個展会場の入り口を見つけた。重いガラスドアを押し開けると、ビーナサンダルをつっかけた素足が毛足の長い絨毯《じゅうたん》に飲み込まれて、遥はびくっと震えた。

部屋の中はふわりと浮き上がるように明るい。天井からぶら下がったシャンデリアは金色で、部屋の中央のソファでアイスティーを飲んでいるオーナーの深瀬《ふかせ》さんのコップの縁も金色。彼の向かいに座っている、奇抜なワンピースの女の人の口紅も金色。金色の大渋滞に、遥は胡散臭そうな目を向けた。

深瀬さんは遥に目を留めると、上品な微笑みを浮かべて小さく会釈をした。そして再び金色口紅の女の人に向き直って、話し始めた。遥は壁にずらりと並んだ僕の絵を端っこから見ていった。遥はいつも展覧会全体を足早に一周してから、一番気に入った絵のところに戻って思う存分見つめて、二番手、三番手、とゆっくり鑑賞していく。この日遥が一番最初に戻ってきたのは、真夏の森が描かれた大きな絵の前だった。

金色口紅の女の人も、つられて森の絵に目を留めて「あれはどこの森かしら」と聞いた。僕が描いたのは、玉川上水の遊歩道の途中にある小さな広場だ。一坪ほどの空間に四季の花が咲き、夏には広場をぐるりと取り囲む木がもこもこと膨らんで、むせかえるような緑の森になる。深瀬さんは「玉川上水だそうですよ」と簡単に答えて、アイスティーを音を立てずにきれいに飲み干した。彼の声は高くもなく低くもなく、濁りがない。彼はいつも静かで落ち着いている。毎日同じような枯葉色のジャケットを羽織っているが、染みやほつれが一切無く、おろしたてのように清潔だ。夏も冬も同じ姿で、どこかに時間を忘れてきたような人だ。

「ああ、武蔵野の？　あんなに緑豊かなのね」

金色口紅の女の人がそう言うと、深瀬さんは首を傾《かし》げた。

「さあ。宇一《ういち》君の記憶の森ですからね。現実とは少し違うかもしれない。今回の個展はすべて宇一君が住む玉川上水沿いの森を描いたものです。子供の頃から見続けた風景を、記憶だけを頼りに描いたものなので、現実の風景をスケッチしたものではないんですよ」

「まあ。見てないのに、こんなに細やかに描けるのね……」

金色口紅の女の人がソファから立ち上がって、夏の森の絵に近づき、長い睫毛《まつげ》をぱちぱちと激しく上下させた。見てないのに、とは不思議な物言いだ。過去にしっかり見たからこそ、頭の中に色濃く記憶が残っているというのに。キャンバスに線を描く瞬間はいつもモチーフを見ることができない。目の前にある石膏《せっこう》像やリンゴを写しとっているように見える時でも、見ることと描くことの間には、必ず時間差が生じる。モチーフを見たのが一秒前でも、一日前でも、一年前でも同じだ。僕たちはいつも頭の中に残っている形を描き出すことしかできない。

「彼のお気に入りの場所なのね」

金色口紅の女の人がそう言うと、深瀬さんは首を横に振った。

「いいえ、どちらかというと、怖い場所なんじゃないかな。彼は昔、ここでひどい目に遭ったそうです」

「ひどい目？」

「同級生たちからリンチを受けたらしいです。通学路から少しだけ奥まったところに入った広場は、子供たちが悪いことをするのに、ちょうど良いでしょう？」

彼がそう言うと、金色口紅の女の人は「まあ……」と悲しそうな顔をした。

遥は彼らの話を聞きながらどんどん能面のような顔になって、やがてくるりと背を向けた。彼女の顔は眉も口も目も歪《ゆが》みなく線対称に収まっており、一見何の感情も読み取れないが、彼女がこういう顔をする時はかなり怒っている。遥は絨毯の上をのしのしと歩いて、部屋の反対側に向かった。そこには昼顔を描いた小品が掛けてあり、彼女は小さなキャンバスに顔を近づけてじっと花と向かい合った。

すると、部屋の奥にある扉がゆっくりと開いて、中からそろそろと痩せた男の子が顔を出した。白いシャツにベージュのチノパンを穿《は》き、髪も皮膚も色が淡いので、照明を浴びると空間の中に溶け消えてしまいそうに頼りない。白いシャツは一見きれいだがよく見ると裾のあたりに蛍光ピンクの絵の具が散っている。ベージュのチノパンにも絵の具を擦《こす》った跡が残っているし、スニーカーはほとんど潰れていて踵《かかと》に穴が空いている。

なんだかみすぼらしい子だな、と思って見ていたら、僕自身だった。過去の自分を見る時はいつも気づくのに数秒かかる。生前に鏡で見ていた顔は左右が反転していたから、実像を見るとどうしても違和感を感じるのかもしれない。遥のように線対称に近い顔なら反転してもあまり変わらなそうだが、僕の顔は左目の方が大きく、口角は左が少し上がっている。左目でものを見ようとする癖があるのか、左だけ瞬《まばた》きが少ない。僕は戸惑った様子できょろきょろと室内を見回して、深瀬さんと金色口紅の女の人に会釈をした。それから遥の姿に目を留めると、表情を緩めて彼女に近づいていった。

当時の僕は大学三年生で、学外での展示は初めての経験だった。学部生のうちからコマーシャルギャラリーで個展を開く人は珍しく、美大の中でもそれなりに注目されて、僕は僕なりに張り切っていた筈《はず》だ。しかし何を張り切っていたのかはよく分からない。絵は昔からずっと描き続けていたし、ギャラリーに飾るからといって何かが変わるわけではない。僕はこのギャラリーで展示する意味やオーナーの意図など全く考えておらず、ただ気分だけをふわふわと高揚させていた。

僕が隣に立つと、遥はひそひそと「成金趣味だね」と言った。

「えっ」

「ギャラリーの内装が」

遥は小声で喋《しゃべ》っているが、深瀬さんの耳はしっかり言葉を拾っていて、片眉を上げてほんの一瞬苦笑した。そう広くはないギャラリーの中、お互いの話し声は耳を澄ませばすべて聞こえる。しかし彼は気にしないそぶりで、金色口紅の女の人と話を続けた。

「いまいち？」

僕がそう聞くと、遥は首を振った。

「ううん、絵はすごく良い感じに見える。こうして飾られてると、新鮮だね」

遥はそう言って、僕の目を見て微笑んだ。この頃の遥はちょうど僕の背丈を追い越したところで、二人の目線はまっすぐに交差している。彼女は隣の家に住む四つ年下の幼馴染で、出会った時は大人の片腕にすっぽりおさまってしまうほどの大きさだったのに、思春期を迎える頃には完全に追いつかれていた。彼女は日々過去を脱ぎ捨てるように急速に成長していき、常に新しい友人、新しい遊び、新しい課題に囲まれていた。

「この花も、あの森の一部だよね」

遥はそう言って、部屋の反対側にある大きな絵を振り返った。僕も一緒に体を回転させて、二人で部屋の対角線上にある大きな森の絵を眺める。小品に描かれた昼顔と同じものが森の絵の片隅にも描かれているが、よく注意しなければ普通は気づかないだろう。

「あの枯れ木も、あの雪の森も、全部玉川上水なのね」

「うん」

「今まで同じ場所を何枚描いたの？」

遥がそう聞くと、僕は一つ二つと指を折って数えようとしたが、すぐに数えきれなくなってやめた。

「何枚も……」

「まだこれからも描くの？」

「どうだろう。次の個展をやる時には、全然違う絵を用意した方がいいみたい」

「ギャラリーの人がそう言ったの？」

「そんな感じ」

僕自身の話だというのに随分ぼんやりした受け答えだが、遥は僕のこういった頼りない話し方に慣れているので、「なるほどね」と頷《うなず》いた。

深瀬さんが僕を振り返って、「この森は、どうして描こうと思ったの？」と聞いた。隣で遥がいやそうな顔をしたが、僕は彼に聞かれるがままに、この場所に関する出来事を語り出した。

人に話してみると、そう大した事ではないような感じがする。僕がまだ高校に通っていた頃、同級生に呼び出されて森に行ったら襲われたというだけの話だ。彼らが最初から恐ろしい雰囲気を出していたら森になんか行かなかったけれど、「話がある」なんて親しげで秘密めいた雰囲気で誘ってきたから、のこのこついていってしまったのだ。高校に入ったばかりで、僕はまだどんな人間関係も始まっていないと思っていた。いつだって僕は他人の悪意に気づくのが遅かった。

森に着くと、「お前は感じが悪い」というようなぼんやりした文句を言われて、僕は凍りついた。どういう意味かと聞くと、そういうところだよ、などと言われて、かみ合わない会話がごろごろと坂道を転がり落ちるように良くない方向に流れていった。よく覚えていないが、彼らは細かい、思いもよらないことで僕を責めた。しかし僕は身に覚えのないことを謝ることはできないし、理解できないことを改善することもできない。そう素直に言うと、彼らの怒りは嵐の川みたいに溢《あふ》れて決壊した。

暴力が始まる瞬間はぬるりとしてあっけなかった。相手は三人いて、一人が手をあげると、他の人たちもむずむずと体が動いて僕に何かをしたくなったらしく、手をあげたり、蹴ったりした。一つ一つの攻撃はそう強いものではなかったと思う。彼らはどこか戸惑いながら、しかし不思議な熱っぽさを孕《はら》んで、不器用に僕を殴った。取り返しのつかない怪我を負ったわけではないし、逃げようと思えば逃げられたような気がする。しかし僕の足は全然役に立たなくて、されるがままになって、鼻血を流して草むらに倒れこんだ。夏の森が頭上で激しくざわめいて、木漏れ日が僕の頬の上で踊り狂った。その時の視界が、異常に鮮やかだったのだ。

そんな出来事をかいつまんで説明すると、金色口紅の女の人はうむうむと頷いた。

「ひどい目にあったわね……。でも、そうね、印象に残ることって、楽しくて心地いいことよりも、悲しかったり、苦しかったりすることの方が多いですものね。つまりこれは、辛い過去を、美しい芸術に昇華させたということなのね……」

彼女の言うことはそれらしいようでいて、なんだか違う気がした。すべての風景は、描かれたから美しく昇華されたのではなく、もともときれいだ。僕の目の前に現れた光はとても鮮やかで、眼球にへばりついて離れない。だから僕はそれを引き剝がすように一枚一枚絵に描いたのだ。

金色口紅の女の人は「面白かったわ」と言って、満足そうな顔でギャラリーを出ていった。深瀬さんは彼女を見送るとバックヤードに引っ込んで、きらきらの明るい部屋の中は僕と遥の二人だけになった。すると、むすっとした顔の遥が低い声で「あんなこと言う必要ある？」と言った。

「……あんなこと？」

「いじめの話」

「聞かれたから、答えたんだ」

どんなものを何故描いたのか聞かれるのは普通のことで、画家は適切に過不足なく答えなければいけない。必ずしもモチーフに関する事実を細かく語る必要はなく、もっと抽象的かつ内容のあることを言える作家はたくさんいる。しかし僕は他の語り方を見つけられていなかった。単に、好きな風景を描きました、では嘘になる。

「言うにしても、もうちょっと、ふんわりぼかすとか」

「ふんわり？」

「リンチとかの、生々しい話はしなくていいと思う。聞いた人の印象には残るかもしれないけどさ、自分の体験を切り売りするようなことはやめた方がいい」

「売ってないよ」

僕は即座に否定したが、遥は首を横に振った。

「でも、ああいう人は勝手に、宇一の底を見た気になるでしょう」

「ああいう人？」

「オーナーのおじさん。なんかいまいち信用できない」

遥は昔から先回りして考えすぎるところがある。皆が彼女のようにあれこれ思いを巡らせているわけではないのだから、ほとんど取り越し苦労なのだが、遥にとっては考えることが普通なのだ。彼女は僕にしばしば「よく考えて」と言った。他人が自分のことをどのように見ているのか考えて、相手のことを傷つけないように、傷つけられないように、慎重な言動を心掛けろと言った。

僕は大学に入るまで、学校という空間でうまくいったためしがなく、毎日どこかで失敗をして、誰かに冷たい目で見られたり、いやなことを言われたりしていた。それでだんだん億《おっ》劫《くう》になって学校に行かなくなり、高校は中退して通信で卒業資格を取った。遥にはその様子がとても危なっかしく見えていたのだろう。彼女は小学校でも中学校でも常にクラスの中心にいて、友達も多く、先生や近所の大人からの評判も良かった。

遥曰《いわ》く、それは彼女が「よく考えて」うまく立ち振る舞っている成果なんだそうだ。遥が生まれつきそなえている容姿や華やかさも大きく関係していると思うのだが、彼女は僕も同じように「よく考えて」振る舞えば問題なく集団の中で過ごせると思っていた。しかし、僕は何をどう考えたらいいのか分からないので、そもそも「よく考える」という行為が成立しない。

「深瀬さんは、多分そんな悪い人じゃないと思うよ」

僕がゆっくりと言葉を選んで答えると、遥は片眉を上げた。

「あの人のこと、気に入ってるんだね」

「うん。まあ、信じてみたいような気がする」

僕は遥を納得させたくてそう言ったが、ほとんど嘘だ。僕はその頃、深瀬さんに対してそこまでの思い入れはなかった。ただ自分の絵を褒めてくれて、何かと取り立ててくれる人という感じで、彼自身についてはよく知ろうとしなかった。彼は選ぶ人で、僕は選ばれる人で、そこにあまり個人的な感情を差し挟むべきではないような気がしていた。コンビニに並んでいるパンの袋を手に取ろうと思った時に、パンがいきなり「あなたは誰？　何してる人？」と聞いてきたら、面倒だから棚に戻したくなるだろう。僕はその頃、自分と世界の関係をそんな風に考えていた。

「それならいいけどさ……はいこれ、母から」

遥が差し入れの菓子を渡すと、僕は早速ぺりぺりと箱を開いて、クッキーを二つ、三つと口に放り込んだ。最初は嬉しそうな顔をしていたが、さくさくと噛むうちに眉間に皺を寄せて「何味？」と言いながら、遥の手にも一つ押し込んだ。シンプルな白い箱に入ったクッキーの味はよく思い出せないが、奇抜な味付けだったのだろう。

「七味だったかな？　日本橋に新しくできたクッキー屋さんで、私も母も気に入ってるんだ」

「そうなんだ……ありがとう」

僕は菓子の蓋をそっと閉じて、「遥、美大受けるんだって？」と聞いた。

「うん、その予定」

「遥は頭いいから、頭いい学校行くのかと思ってた」

「何、頭いい学校って」

「なんでもいいけどさ」

我ながらいい加減な言い草だが、遥は気分を害した様子もなく、簡潔に自分の状況を説明した。

「一般大も受けないのかって高校の先生に聞かれたけど、未定。今、一番興味があるのが絵画だから、とりあえず来月から宇一が通ってた予備校に入る」

「まだ二年生なのに？」

僕はそう言って首を傾げた。美術予備校は高校一、二年生向けに基礎コースも開設しているが、受験の本格的な指導が始まるのは高校三年生の春からだ。

「私は宇一ほど上手くないから、基礎からしっかりやらないと」

「そうなの？」

「そうなの」

遥は幼い頃から僕の絵を何度も見に来たが、僕は遥の絵を見せてもらったことがほとんどなかった。彼女がまだ小学生だった頃に図工の課題や夏休みの宿題をちらりと見たが、四歳下だということを差し引いても、目に留まるようなものではなかった。彼女は何事も器用にこなすので、風景も人物画も他の子供に比べたら正確だったが、計算をして作図しているみたいな絵だった。彼女がそんなに絵が好きだったとは意外で、僕は少しうろうろと視線を彷徨《さまよ》わせた後、手持ち無沙汰になってクッキーの箱を再び開いた。

「うちの学校受けるの？」

僕はためらいがちに、奇抜な味のクッキーを噛みながら言った。

「受けるよ。受かるかどうか、わからないけど」

「そうかあ」

僕はぼんやりと頷いて、さく、さく、とクッキーを咀嚼《そしゃく》した。空気を含んだ軽い生地はぼろぼろとこぼれ落ち、ふかふか絨毯に白い点々を描いた。

受験の季節は玉川上水に霜が降りる。僕が合格通知を受け取った日は、暗い土の上に硬い雪が降っていて、僕は一つ二つと増えていく白い雪のかけらを数えながら予備校に向かった。暖かい教室では先生たちが合否の報告を待っていて、神妙な面持ちで一人二人と入ってくる生徒たちから結果を聞いては一喜一憂していた。まだ国立大の受験が終わっておらず、予備校はひんやりとした緊張感に満ちていて、みんなひそひそ声だった。僕が合格を知らせると、先生たちは音を立てずに手を叩いて、あたたかいお茶を淹れてくれた。

やがて遥もあの冷たい道を歩くのだ。今なら素直に「頑張ってね」とか、「受かるといいね」とか言えるのに、当時の僕はいまいち歯切れが悪い。僕にとって隣の家に住む少女は違う種の人間で、僕と似た進路を歩むことに違和感があったのだ。遥のことも世界のことも全然分かっていなかったくせに、彼女は自分とは関係のないどこか遠くで、立派なことをする人になると思っていた。

「……受験、楽しかったよ」

そんな無意味で個人的な感想を言うと、遥はふっと笑った。

「楽しいとかどうでもいいよ。遊びじゃないし」

遥はクールに言い放って、個展会場から出て行った。


僕はじっと足下に広がる水たまりを覗き込んでいる。ある瞬間からどこにも進めなくなって、水たまりの前に佇《たたず》むしかないので、水面に映る過去の映像を見つめているのだ。この真っ暗な空間には風がないので、水面に映る世界は歪みなく、過ぎ去った時間のことを僕に詳細に教えてくれる。

遥の生活は僕のすぐ近くにあったけれど、知らないことばかりだった。遥はよく僕の部屋に遊びに来て、絵を見たり、一緒に本を読んだりしたけれど、自分のことはあまり語らなかった。昔の僕は交友関係というものがほとんどなく、学校は苦しい思い出ばかりだったので、気を使われていたのかもしれない。あるいは、僕に話してもつまらないから話さなかっただけなのかもしれない。実際、遥の友人や恋人との細かいやりとりを聞いても、うつろな相槌《あいづち》しか打てなかっただろう。

僕は今、見覚えのない小さな部屋のシンプルな錆色《さびいろ》のベッドを見下ろしている。布団の上では、遥が腹にタオルケットをかけて寝ているが、ほとんど下着だけのあられもない姿だ。彼女が思春期を迎えてからは体をじろじろ見ないようにしていたが、こうして見ると描きごたえのありそうな形をしている。全体の皮膚は柔らかそうでふわふわしているのに、休の随所に硬質なラインをそなえていて、長い脚は金属めいた光沢をまとっている。まっすぐな脛《すね》は、魚の骨に似た踝《くるぶし》と、繊細な筋の浮き出る足の甲へと続いている。

遥の隣に寝転がっている男の子が寝返りを打ち、窓辺の雑誌を手に取った。彼は遥よりもさらに手足が長く、筋張った手の甲が青白くて大理石に似ている。誰だか知らないけどこっちの人も素敵な形をしている、と思いながら、僕はありもしない右手をうずうずと動かそうとした。僕の作品は風景ばかりだったけれど、美大や予備校の授業でヌードモデルを描くのは好きだった。自分の頭のなかにこびりついている記憶を吐き出すような作品制作とは違って、与えられたモデルを限られた時間内で描く練習は、体操をしているような健やかな心地よさがあった。モデルの人はいくら僕が見つめても視線を返さない。何も言わないし、何もしてこないから、思う存分見つめることができた。現実世界では、誰かをじっと見れば視線が返ってきてしまうので、絵に描けるほど長く見つめたことはなかった。

男の子が雑誌をパラリと捲《めく》って「あっ」と叫ぶと、遥が目を覚まし、うーんと伸びをしてそのまま長い腕を男の子の胸の上にてれんと乗せた。

「……どうしたの？」

どこか舌ったらずな、甘えたような声で遥が聞くと、男の子は雑誌の一ページを凝視したまま、ほにゃららのライブがある、と言った。名前は長い上に聞いたことのない謎の外国語でよく分からなかった。

「なにそれ、バンド？」

「バンドじゃなくて……ＤＪ的な……踊ったりもする、やばい人」

遥は気だるい調子で「ふうん」と言って、ゆっくり起き出してジーンズを穿いた。男の子はようやく雑誌から目を離し、遥を見て「バイト？」と聞いた。

「バイト先の研修」

「研修？　そんな難しいことしてんの？」

男の子がのんびりとした調子で聞くと、遥は肩をすくめた。そしてクローゼットの鏡を見て髪の毛を直して、じゃあねも言わずに部屋を出て行った。会話の途中でぶつ切りになったような感じがするのだが、この二人はそれで問題ないらしい。僕にはよく分からない世界だ。

彼氏の家は三鷹駅のほど近くにあったらしく、遥は大通りを小走りで駅の方に進んで、豆腐みたいな白いビルのドアを押した。そこは遥が高校に入ってすぐに登録した派遣会社で、週末になるたびにパン作りや荷運び、キャンペーンガールなどの仕事を紹介していた。遥の高校は授業さえきちんと聞いていれば他の締め付けはなく、部活や行事も完全自由参加なので、週末はほとんど日雇いバイトに費やしていたらしい。遥は誰とでも仲良くなれるが、必要がなければ無闇につるまない。自由主義の高校ではあまり多くの仲間を作る必要がなく、彼女は思う存分貯金に励んでいた。

そんなにお金を稼いでどうするのかと思って、何故働くのかと聞いたことがある。すると、彼女はまっすぐな目で「自分がやりたいことを見つけた時に、迷わないでいられるようにするため」と言っていた。画材屋にお金が吸い込まれていくのを黙って見ていた僕とは大違いだ。

日雇いバイトは日によって仕事内容も場所も全然違う。何も考えなくても知らない場所に行けて、新しいものを見れて、さらにお金が勝手に振り込まれるからお得だと遥は言っていた。しかし毎回違う仕事を一から覚えなくてはいけないというのは気苦労が多そうで、僕には無理だったろう。遥も僕に同じバイトを勧めようとはしなかった。

遥が感じのいい声で挨拶をしながら研修室に入ると、スーツを着た茶髪の男がにかっと大きく笑った。彼はスプレー糊《のり》をかけたみたいに笑顔を固定して、遥に席に着くように言った。ホワイトボードにはテレビのメーカーの名前が大きく書いてあり、基本の挨拶や、宣伝文句などがまとめられている。彼女たちはどうやら家電量販店で新型テレビのキャンペーンをするらしい。

研修室には白いプラスチックの長机が六つ並んでおり、既に似たような背格好の若い女の子が数人座っている。遥が空いている席に着くと、茶髪の人は「今回のユニフォームです！」と元気良く言って、秋刀魚《さんま》みたいな銀色のジャンパーを置いた。

「ボトムスは、皆さんのお家にある白のタイトスカートか、白のスキニーでよろしくお願いします」

彼は良く通る声でそう言った。さらりと難しいことを言ったように思えたが、女の子たちは当然のように理解しているらしく、ふむふむと頷きながら手元の秋刀魚ジャンパーを見下ろしている。女の子の一人が気安い調子で「うすい黄色でもいいですか？」と聞くと、茶髪の人は「うすーいなら許すよ」と言って、楽しそうに笑った。

茶髪の人の笑顔は不自然でやや怖いが、研修はそれなりに和気藹々《わきあいあい》と始まろうとしていた。しかし、そこに一人の女の人が遅れて入ってくると、空気が途端に冷たくなった。茶髪の人は片眉を上げて、笑い声をぴたりと止めたが、遅れてきた女の人は全く気にしていない様子でマイペースに空席を探した。彼女は痩せて背が高く、髪は短く、瞼《まぶた》も唇もなんの化粧もしていなくて、柔らかい皮膚の色彩をまとっている。

あき先生だ、と僕は思わず呟いた。しかし声帯はないのでこの虚構の空間に音は響かない。僕は居住まいを正して、派遣会社の研修室をしっかりと見つめた。茶髪の人の目の前の席が空いていたが、あき先生はそこは選ばず、一番後ろの切れかかった蛍光灯の下に座った。遥はちらりとあき先生の方に振り向いたが、すぐに前に向き直った。今後遥がお世話になる人だけれど、この時の遥はまだ彼女が何者なのか知らない。

「おはようございます！」

茶髪の人はあき先生をじっと見つめて、大きな声でそう叫んだ。おはようというには遅すぎる時間だが、誰も突っ込む様子はない。遥を含め、他の女の子たちはみんな背筋を正しつつそっと視線を下に伏せている。あき先生だけが面食らった顔で社員の顔を凝視して、二人はしばし見つめあった。茶髪の人は「おはようございます！」ともう一度叫んで、畳み掛けるような早口で言った。

「あなたが一人のお客様と接する時間は平均どれくらいだと思いますか」

名指しはしていないが、茶髪の人はじっとあき先生の顔を見ている。彼女はしばし視線を彷徨わせた後、他に答える人がいないと悟って、か細い声で「三分くらいでしょうか」と言った。すると、茶髪の人は大きなため息を吐いて首を振った。

「いいえ、三秒です。たった三秒の間に商品をアピールしなければならないのに、あなたはこの部屋に来て数十秒間、何をしていました？　何もしてないでしょう！」

彼はフロアに響き渡るような声で怒鳴った。

「第一印象が重要です。というか、第一印象しか存在しないのです。難しいことはいっさいない。ただ笑いなさい。そして大きな声で挨拶をするのです。それだけでいいんですよ。簡単でしょう」

そう言って、茶髪の人は仮面のような満面の笑みを浮かべた。笑う男と絶句した彼女を、蛍光灯が白々と照らす。茶髪の人は無言で笑顔を向けながら、あき先生に笑えと促しているけれど、彼女は何をすればいいのか分かっていないようだ。茶髪の人はしばらく完璧な笑顔でじっと彼女を見つめた後、表情にまったくそぐわない冷たい声を出した。

「……何故僕がこんな笑顔を作れるか、分かりますか？」

あき先生は黒目がちの目でじっと彼の顔を見て、小さく首を横に振った。すると、茶髪社員はビル全体に響き渡るような声でこう叫んだ。

「それはね、心の中ではまったく笑っていないからです！」

あき先生がびっくりしたような顔をして黙り込むと、彼は今度は地を這《は》うような声で「面白くないのに笑えるか、などと思っているのでしょう。いいご身分です」と言い捨て、手元の資料を引きちぎるみたいに捲って、当日の集合場所について話し始めた。他のアルバイトの女の子たちには笑顔講座も、おはようございますの唱和もなかった。彼は当日の仕事の流れを一通りさらって、予定通りの時間に研修を終えた。

茶髪の人が薄っぺらいプラスチック扉を殴るように開けて出て行くと、女の子たちはこっそり肩をすくめてみせた。

「大丈夫？」

女の子のうちの一人に話しかけられると、あき先生は首を傾げた。

「え？」

「目、つけられちゃったね」

女の子が軽い調子でそう言うと、他の子たちがくすくす笑った。

「生贄《いけにえ》システムなの、あいつ」

「はは」

彼女たちの言葉は少ないが、「あなたも分かるでしょ？」という風にあき先生に微笑みかけた。しかし彼女はにこりともせず、無言で女の子たちの顔を見回した。一人一人の頭の中を覗き込もうとしているみたいな、慎重で、冷静な目つきだった。あき先生の目は黒くてつやつやしているばかりで、その眼差しからはどんな感情も窺《うかが》えない。女の子たちのささやかな陰口に同調する様子は一切ないけれど、ばかにしたり、咎《とが》めたりもしていない。

あき先生が沈黙を続けていると、女の子たちはつまらなそうな顔になって早々に解散した。面白い人なのに勿体《もったい》ないなと思いながら、僕は散り散りになる女の子たちを見送った。しかし、あき先生は誰とでも仲良くできるタイプではないので、彼女たちがもう少し辛抱強く粘ったところで、面白い会話には発展しなかったかもしれない。この日の彼女は、僕の知る彼女よりもうんと大人しくて自分を閉ざしていた。あき先生と僕は初対面の瞬間から楽しく話をしたけれど、あき先生はあの女の子たちに言葉らしい言葉を一言も発しなかった。

僕がそのことについついほの暗い喜びを感じていると、ぽつんと研修室の片隅に残った遥が、ばつの悪そうな顔をしてあき先生を見ていた。遥にとって、この状況はあまり格好いいものじゃないらしく、何らかの挽回《ばんかい》をしてから帰りたかったらしい。遥が「あの」と声をかけると、あき先生は今気づいたという風に遥の方にぱっと向いた。それからじっと彼女の顔に視線を定めると、ふわりと淡く微笑んだ。

「なんでしょう」

「いや……なんか変な空気の職場ですみません。べつに私の会社じゃないですけど……」

「いいえ。私こそすみません、なんだか話がよく分かってなくて」

「分からなくていいと思います」

遥がそう言って帰り支度を始めると、あき先生も鞄《かばん》に筆記具を入れながら、「あの社員の人、欧州の血が入ってます？」と言った。

「は？」

「目が、不思議な色ですよね」

「そうですか？　目の色なんか、全っ然気にしたことないです」

「青みがかって、冬の池みたいな……」

あき先生は素敵な秘密を一つ飲み込むように、微《かす》かな声で言った。あんな仕打ちを受けたのに、彼女は茶髪の人に対して悪い感情は抱いていないらしい。多分、彼の眼球の色以外のことに何の感想も抱かなかったのだろう。あき先生は見たいものしか見ない。僕たち生徒の前ではそういったわがままな部分を隠すようにしていたけれど、僕は薄々気づいていた。

あき先生は淡々と身支度を終えると、秋刀魚ジャンパーを丁寧に畳んで、机の中央にそっと置いた。

「この仕事、断るんですか？」

遥がそう聞くと、あき先生は透明な表情で頷いた。

「ええ。人に紹介されて来てみたんだけど、向いてないみたいだから」

「そうみたいですね……」

遥が正直に答えると、あき先生はくすっと笑った。

「旅行に行きたくて、バイト増やそうと思ったんだけど、仕事見つけるの大変だし、こつこつ倹約することにしました」

「どこに行きたいんですか？」

遥が聞くと、あき先生は「さあ、分からない」と言って、研修室の薄灰色の天井を見上げた。遥もつられたように一緒に見上げたけれど、そこには切れかかっている蛍光灯の明滅しかなかった。


テレビ売りの当日、あき先生は来なかったが、遥はちらちらと探すような素振りをして、他の女の子に「あの人やっぱり来ないね」と言ったりした。しかしアルバイト仲間はみんな「ああね……ん？　誰だっけ」と、いい加減な調子で、あき先生の記憶が消えているらしい。

あき先生が抜けても仕事は全く問題なく、みんなつつがなくテレビを売っている。遥は秋刀魚ジャンパーに短いぴったりしたスカートを合わせており、すらりと立つ姿は一番きれいだ。遥は何を着ても大体似合って、どこにいても難なく溶け込む。彼女は、空間に対して常に彩度と濃度の高い同系色という感じで、周りより少し目立つけれど浮かない。その場に合わせてどんな色相にも変化する。

遥は完璧にシンメトリーな笑顔を貼り付けて、スーツ姿の男にテレビを一台売った後、ふとエスカレーターの入り口に目を向けた。そこには、フロアマップをぼけっと眺める男の子二人の姿がある。そのうちの一人は僕で、アトリエ用の汚いTシャツと繫ぎの作業服を着て、いかにも制作の途中で抜けてきたという出で立ちだ。一方、僕と一緒に居る子はもっと綺麗な服を着ていて、皺のないすとんとしたシャツと色落ちしていないジーンズを穿いている。

彼はデザイン科で、いつも綺麗な部屋でパソコンをぱちぱち叩いているので、服も体も汚れないのだ。

遥がじっと僕たちに視線を注ぎ続けると、ほどなく僕も彼女に気づいて、友人に何かを囁《ささや》いた後にてれてれと大きなテレビの前までやってきた。僕と友人はターコイズブルーの湖が映し出された大きな画面を見て、「テレビだ」「テレビだね」と、テレビのない町に住む人みたいに嬉しそうに言った。

「買い出し？」

遥がそう聞くと、僕が友人をちらりと見た。

「僕は工具買いに来ただけだけど、この子はテレビ探してるよ」

「はい。家のテレビがここ一ヶ月くらい全然映らなくて……」

友人はそう言って、悲しげな微笑みを浮かべた。彼は他学科の女の子と一軒家でルームシェアをしていて、家財道具は適当に集めた古道具ばかりでいつ何が壊れるか分からない状況だと言っていた。

「一ヶ月も？」

遥は大げさに驚いた顔をして、早速足元にあるカタログをぱらぱらと開いて見せた。

「今キャンペーン中で、最新機種なのにお得価格なんで、買い時ですよ。これ、画面がとっても綺麗なんでおすすめです」

遥が巨大なテレビを勧めると、友人はターコイズブルーの湖を見て目を細めた。

「……ちょっと目が痛いかな」

彼がそう言うと、遥は「サンプル映像が悪いんです」と小声で言った。

「なんでこんな色なの？」

僕もターコイズブルーの湖に目を細めてそう言うと、遥は少しむっとした顔をした。

「わかんない。バイトのみんなも目が痛いって言ってる」

「変えた方がいいんじゃない？」

「そんな権限ない」

「これでちゃんと売れてる？」

「結構売れてる」

「ならいいのかー……」

遥と僕が実りのない問答をしている間に、友人は黙ってカタログをぱらぱらと捲り、遥が宣伝しているメーカーの価格表に一通り目を通すと、他のメーカーのテレビもざっと見て回った。そして戻ってくると、元気のない顔をして「テレビって高いんだね」と言った。

「予算どのくらいです？　今のテレビはどこで買ったんですか？」

遥がすかさずぽんぽんと質問を飛ばすと、友人はのんびりとテレビの思い出を語った。

「……近所の人から貰《もら》ったんです。僕はあんまりテレビを見る習慣はなかったんですけど、同居人に付き合って見ているうちに、結構面白いなと思うようになりました。だいぶ古くて、地デジは映らないはずなんですけど、なんだか特定の番組だけ映るんですよ」

「なにそれ、怖くないですか」

遥が眉をひそめると、友人はふふ、と笑って首を横に振った。

「慣れました。たまに映るのが楽しいんですよね」

彼はそう言って、テレビの思い出に浸るように斜め下を向いて黙り込んでしまった。僕と遥もつられてじっと下を向き、三人の間に数秒の奇妙な沈黙が落ちた。

うっかり彼のペースに飲み込まれた遥がぱっと顔を上げて、セールストークの続きをしようとすると、友人のジーンズの尻ポケットからくぐもった電子音がぐうぐうと鳴った。彼は僕たちに会釈をしてから離れて電話に出て、短い会話を終えた後に、一転して明るい顔で戻ってきた。

「やっぱり、テレビ壊れてなかったって」

彼は朗らかな声でそう言った。

「そうなの？」

「そうなの。今、いきなり映ったって」

彼がそう言うと、遥は首を傾げた。

「それ、充分壊れてません……？」

遥の言うとおり、彼らの家のテレビは最初から壊れている。しかし彼らにとってはその状態が普通なので、問題ないのだ。

「うちのテレビもともと気分屋なんで、大丈夫です」

彼は晴れやかな顔でそう言うと、ぺこりと頭を下げて去っていった。遥は怪訝《けげん》そうな顔でしばらく彼の後ろ姿を見送っていたが、いずれにしろ彼女の売るテレビの価格帯はもともと学生が買えるようなものではない。僕も「じゃあね」と囁いて立ち去ると、遥は気をとりなおして、ぴん、と背を正して再びマネキンのようにターコイズブルーの湖の傍に立った。途端に彼女の視線は遠くなり、蛍光灯に照らされた売り場全体へと意識が広がっているのが見てとれた。遥はその後、順調に二台のテレビを売って、茶髪の社員の人に褒められていた。

遥はテレビ売りの次の週から美術予備校に行き始めたので、この日が派遣バイトの最終日だった。しかし彼女が周りに辞職の挨拶をする様子はなく、アルバイト仲間には普段と同じように「お疲れ様です」と言って立ち去った。なんだか味気なく思えたが、そもそも全ての仕事が一日で終わるので、辞めるも辞めないも関係ないのだ。アルバイト仲間とは休み時間に会話をすることはあっても、自分の細かい素性を話すほどの時間はなく、他愛のないテレビや天気の話や茶髪社員のちょっとした悪口に終始していた。誰も、遥が来週から絵の勉強をするなんて知らない。

こういった関係の薄さも、遥がこのバイトを続けられた理由の一つなのかもしれない。遥は達成しようとしていることについて口を出されるのを嫌がる。勉強で苦手なものに出くわしても、黙々と頑張って百点を取る。美大受験についても、遥は僕にほとんど相談をしなかった。僕が頼りなかったからというのも大いにあるが、変に口出しをされたくないという思いの方が強かったのだろう。

遥の予備校初登校日はよく晴れて、上水沿いの銀杏《いちょう》が金色に光っていた。彼女は意気揚々と錆《さ》びた鉄のドアを開け、予備校の校舎に一歩足を踏み入れた。しかし、あちこちに絵の具が付着した床や壁に面食らったのか、染み付いて取れないテレピン油の匂いに反応したのか、眉間に皺を寄せて、ショルダーバッグを腕の内側にしっかり挟み込んだ。廊下の奥では受付係の本多《ほんだ》さんがせっせとモップを動かして掃除していたけれど、彼女がいくら拭いても絵の具は取れない。本多さんはどこまで進んだのかよくわからない掃除を中断し、「ふう！」と元気のいいため息を吐いて、くるりと首を回した。そして遥にぴたっと目を留めて、顔いっぱいに笑って「こんにちは！」と大きな声で言った。

　遥は彼女に面食らいつつ頭を下げ、身を小さくしながら校舎の中に入っていった。すると、ふと受付で立ち止まって、壁に貼られた集合写真に目を留めた。ずらりと貼られているのは歴代の合格祝賀会の写真で、先生たちを中心にして当時の生徒たちが集まり、笑ったり跳んだりビールを飲んだりしながら写っている。遥は真ん中からやや逸れたところでしゃがんでいるあき先生の姿に気づいて、「あ」と声をあげて覗き込んだ。一応式典なので、先生たちはきちんとした格好をしており、あき先生は淡い水色のミニドレスを着ている。すとんとした細いラインのスカートは繊細な光沢を放っているのに、髪や顔はいつも通りで飾っていないのが彼女らしい。あき先生はこの予備校で十年近く働いているので、違う年の写真にも全く同じ位置に同じ姿で写り込んでいる。

　遥は僕が写っている写真も見つけ出し、さらに顔を近づけてじっと見つめた。すると、掃除を終えた本多さんが遥の後ろから覗き込み、「気になってる!?」と大きな声で聞いた。

「これ、何ですか？」

　遥がそう聞くと、本多さんは自ら発光するような笑顔を咲かせた。

「合格祝賀会の記念写真よ！　毎年受験が全部終わったらやるの。卒業式みたいなものね。公民館のホール借りて、校長が挨拶して、アトリエでパーティーするのよ！　楽しいわよ」

「そうですか」

　さすがに本多さんの前では「楽しいとかどうでもいい」とは言わないが、ぶっきらぼうな返事でなんだかひやひやする。僕は本多さんののべつまくなしに向けられる太陽のような明るさが好きだったので、あまり冷たくしないでほしいと思いながら見つめた。

遥は写真の群れをざっと眺めて、ふと首を傾げた。

「浪人する人はどうするんです？」

「一緒に騒ぐのよ！　その日だけは全て忘れるのよ」

本多さんが曇りのない笑顔でそう言うと、遥は「へえ」と気の無い相槌を打って苦笑した。

遥はお祭り騒ぎが好きじゃない。中学校までは行事のたびに何やら役職を与えられていたけれど、高校は自由参加なので文化祭も合唱祭もろくに顔を出していないらしい。音楽や踊りで気分を盛り上げたり、みんなで騒いで冷静さを捨ててみる、ということが好きではないようだ。僕も昔はお祭りが嫌いだったが、それは単に、仲間に入れてもらえなかったからだ。彼女は望めばいつでも中に入れるのに、いつも一歩引いている。

遥は教室のドアをがらりと開けると、少し顔をこわばらせて立ち止まった。教室の真ん中では、気難しい顔の石膏像が鎮座していて、その周りを生徒たちが石膏像と同じくらい気難しい顔をしてぐるぐる回っている。まだ始業前だが戦いは既に始まっていて、より格好いい絵が描ける角度を探して、早いもの順に椅子とイーゼルを置いていくのだ。みんな石膏像を見るのに忙しくて新入生を気にかける暇はなく、場所取りの仕方を教えてくれるような気がきく子も居らず、遥は教室の入り口でしばし立ちすくんだ。

やがて講師室からあき先生が入って来て、遥に目を留めて手を振った。すると、遥は親しい友人に向けるような笑顔で会釈して、彼女のもとに駆け寄った。

「こんにちは。ここの先生だったんですね」

遥が少し高揚した調子でそう言うと、あき先生はきょとんとした顔をした。

「はい。そうです……よ？」

その返答から、彼女が自分のことを覚えていないということに気づいて、遥は一瞬落胆した顔を見せた。しかし、それをあき先生に悟られるより早く表情を繕い、爽やかで大人っぽい笑顔を作った。

「テクテクワークの、テレビの販促の研修で一緒だった者です」

遥がそう言うと、あき先生はしばらく「てくてく？」と首を傾げて、じっと遥の顔を見た。

「日雇いバイトの……」

遥が付け加えると、ようやく「ああ」と言って合点したようだったが、遥のことはいまいち思い出せないままらしい。僕が見た限り、遥と対面した時のあき先生は彼女のことを気に入ったように見えたけれど、教室以外でのあき先生は思った以上に上の空らしい。

「一緒の研修を受けていた……のね？」

あき先生がおそるおそる聞くと、遥は「はい」とまっすぐに頷いた。

「私、本番は行ってないんだよね」

「はい、知ってます……」

「いきなり行けなくなっちゃって。迷惑かけたかな」

「大丈夫でしたよ」

「あ。あの青い目の社員さん元気？　なんだか変な人だったけど」

「知りません」

遥はそっけなく答えて、手元の道具箱に目を落とした。

「……これって、自由に席を取っていく感じですか？」

遥がそう言うと、あき先生はふわりと笑って「ちょっと待ってね」と言って、ぱんぱんと手を叩いた。そしてみんなの注目を集めてから遥の名前を紹介したが、教室の子たちは頷いたり口元をもぐもぐ動かして小声で呟いたりしただけで、またおもむろに各々の場所取りに戻っていった。遥は大きくなくっきりとした目で教室に視線を彷徨わせつつ、黙って会釈だけをした。この教室では、機嫌の良さそうな挨拶もはきはきとした自己紹介も不要だということがすぐに分かったのだろう。遥が仲間たちの真似をしてイーゼルと角椅子を手に取ると、あき先生が遥を手招きして、石膏像を斜め横から見る位置に座らせた。

「この辺でどう？　他のおすすめポイントほとんど取られちゃってるんだけど……」

あき先生がそう言うと、遥は礼を言ってからイーゼルを置いた。そして長い脚を投げ出すようにして小さな角椅子に座り、じっと石膏像を見上げて首を傾げた。

「……いいかどうかは、よく分からないですけど、ここでいいです」

「まあ、とりあえず描いてみて。気に入らなかったらいつでも好きなとこに移動していいよ。でも、時間なくなるからやめといたほうがいいと思うけど」

あき先生は早口で色々な情報を詰め込んで、遥の肩に薄い手のひらをぽん、と置いた。僕だったら、今から集中しようとしている時にこんな複雑な指示を出されたら混乱する。あき先生は、僕に対しては「ちゃんと見て」とか「筆を走らせないで」とか、短く強い言葉で思考を制して、時には手を取って描線を導いた。しかし、遥はおそらくそういう指導が向いているタイプじゃない。あき先生はまだ遥と少ししか話していないのに、彼女の性質をある程度見抜いているのだろう。

先生が「じゃあ、始め」と言うと、みんなが一斉に木炭を紙に滑らせた。号令がかかる前からみんなの木炭は削られて尖《とが》っており、迷いなく石膏の影を写し取っていく。遥も参考書を読んで事前に木炭を削ってきたが、他の子たちに比べると角度が甘く、隣の子の道具箱を盗み見て即座に削り直しはじめた。

さりさりと音を立てて黒い粉を足元に落としながら、遥は白い聖人の像を見上げた。描くべきものも、真っ白い紙も目の前に用意されている。ただ見たとおりに描けばいい。とても簡単なことなのに、彼女の眉間に皺が寄っていく。他の子達は慣れた調子で絵を進めていて、木炭を寝かせて大きな影をすごいスピードで塗っている子もいれば、細い線でうっすらと形をとっている子もいる。集中の作法は人それぞれで、頭を揺らしてリズムをとっている子もいれば、ハンカチを口に当てて何度も吸い込んだり、食パンをむしゃむしゃ咀嚼している子もいる。遥の視線はちらちらと様々な子の挙動に移り、落ち着かない。

十分経過しても遥がまだ何も描けずにいると、あき先生が後ろにふわりと立って、青白い指先で遥の目の前にある画板をとん、と叩いた。

「もし迷ってるなら、目に見える風景を、升目で区切ってみたらいいよ。これを使って」

先生は、ジーンズのポケットから透明のプラスチック板を取り出した。手のひらほどの大きさのそれは、ちょうど画用紙と同じ比率の長方形で、黒い升目が印刷してある。

「これを、目の前にかざすの。顔と手の位置が動かないように、固定してね」

先生に言われたとおりに、遥は右手の肘を左手で固定しながらスケールを目の前にかざした。彼女の目には、石膏像が鎮座する風景が透明板に印刷された黒い升目に切り取られて見えているだろう。そうすると、茫漠とした空間が擬似的に平面に落とし込まれて、形が把握しやすくなる。遥はスケールを覗き込んで目を大きく見開き、素直に「ああ……」と声を上げた。

「なるほど、いけそうです」

遥はすぐに紙にもスケールと同じ比率の升目を描いた。そうしてパズルのピースを埋めるみたいに升目を一つ一つ描き写していくと、簡単に全体像が描ける。頭の大きさも首の位置も胸板の膨らみも、コピーしたように正確な形が描けるだろう。しかし、それはあくまでも初心者向けの手段だ。僕はこういう窮屈な道具が好きではないので使わなかったけれど、遥はせっせと透明のスケールを覗き込み、さっさかと手を動かしていった。

遥は迷って立ち止まる時間を嫌う。自分にできそうな方法が分かったらすぐに動き出し、動いている間によりレベルの高い方法を探す。彼女は数時間のデッサンの間にちらちらと周りの子たちの動きを盗み見て、影の描き方や木炭のぼかし方、ハイライトや輪郭の立たせ方をどんどん真似していった。陽がぐるりと周って西日が教室に届き始め、あき先生が窓のカーテンを閉める頃には、遥の周りには汚れたティッシュやちぎった練りゴム、様々な角度の木炭が散らばっていた。あき先生は必死に手を動かす遥の様子と、急速に密度を濃くしていく木炭画を眺めて楽しそうな顔をした。表情の乏しい彼女にしては大きな笑顔で、僕は少し嫉妬した。

講評会では、遥の絵は良くもないが悪くもない、真ん中より少し下くらいのランクに配置されていたが、初めてにしてはかなり良い成績だと言える。遥はそれから課題をこなすたびにどんどんうまくなっていった。上達の方法はやはり周りの子の手の動きや先輩たちの参考作品をよく見ることで、性質の違うものたちも全部取り入れた。一作品につき一人を真似するのではなく、複数の人間の技術やものの見方を取り入れるので、決して盗作にはならないし、時にはコピー元の作品よりも優れた出来ばえになる。時には講評でボロボロに言われることもあるけれど、彼女は教室の誰よりも大きな歩みで前に進んでいるように見えた。

しかし、それは全て受験のための絵だ。遥自身の描きたい絵というものはまだよく分からない。彼女はどうして絵を描こうとしているんだろう。

遥が予備校に通い始めて一ヶ月が過ぎた頃、彼女は同級生に誘われて僕の大学の芸術祭に来ることになった。予備校ではほとんど愛想を振りまくことなく絵に集中していたけれど、話しかけられればきちんとした受け答えが出来るので、既に連絡先を交換している子は何人も出来ていた。僕の母校の芸術祭は賑やかの極みで、いかにも彼女が嫌いそうだが、折角誘われたので行くことにしたらしい。

芸術祭当日、律儀な遥はごく当たり前に五分前に大学に到着した。しかし同級生たちはバスが遅れただの、待ち合わせ場所を間違えただの、思ったより遠いなどとのたまったりして、誰も時間通りに来ない。先生たちも一緒に回る予定だったが、みんな寝坊で遅刻らしい。遥は呆れてため息を吐き、「先に見てるね」とメッセージを送って一人ですたすたと中に入っていった。

コンクリート打ちっ放しの校舎はおとぎの国をイメージしたカラフルな装飾に覆い尽くされて、着ぐるみや仮装の人たちが動き回っている。遥は踊り狂う豚の着ぐるみから逃れるように手近な校舎に入って、展示作品や短編映画の上映を流し見た。そうこうしている間に同級生たちは幾つかのグループに分かれて到着したらしいが、三角屋根に居るだの、吹き抜けのところだの、曖昧《あいまい》な情報ばかりで待ち合わせ場所が決まらない。キャンパスは幾つもの校舎が有機的に繋がっていて、慣れない人は自分がどこに居るのかよく分からないだろう。僕も自分が根城にしていた油画のアトリエと食堂以外のことはよく知らない。遥は合流を諦めてどこかの中庭で毒々しいピンク色のチョコバナナを買った。

遥が人通りの少ない廊下でもそもそと食べていると、ちょうど真正面からあき先生と草角《くさかど》先生がのろのろと歩いてくるところだった。草角先生は髭《ひげ》を生やした熊のように大きな男の人で、楽しい冗談に交えてあたたかいアドバイスをさらりとくれるから、生徒みんなに人気がある。当時基礎科の授業にはたまにしか出ていなかったけれど、進路相談役として生徒全員をまんべんなく見ていて、遥とも既にくだけた会話をする仲になっていた。二人は他人の呼吸をよく読むという性質が似ていて、初めて会った瞬間から仲が良さそうだった。

「遅れてすまんー」

草角先生は至極軽い調子で謝ったのち、食べかけのベトナム風そばを遥にずいっと差し出した。

「お詫び、食べなよ」

「結構です」

「あ、パクチーだめな人?」

「違いますけど」

遥と草角先生がじゃれあっていると、あき先生が様々なチラシをぱらぱらと見ながら、ほにゃららのライブがある、と言った。名前は長くて意味不明で聞き取れなかった。

「先生、その人好きなんですか?」

遥がそう聞くと、あき先生は首を横に振った。

「ううん。私はよく知らないけど、生徒たちの間で結構人気みたいだから、どんなものかなと思って」

「私の元カレもファンでした」

遥がそう言うと、あき先生は「あら」と言って微笑んだ。あの彼氏とどの瞬間に別れたのか分からないのだが、いつの間にか〝元〟になったらしい。

「元カレさんがファンなら気になるね」

あき先生は機嫌の良さそうな顔でいい加減なことを言った。草角先生は「モトカレ……」とわざとらしく発音して目をぱちぱちと瞬《しばたた》いている。二人の手にはビール瓶が握られており、よく見ると首がうっすらと赤い。

あき先生と草角先生はしばらく自分たちの芸術祭の思い出話や今年の飾り付けの良し悪しなどを語り合っていたが、遥がチョコバナナを食べ終わって暇そうな顔をしていると、草角先生がおもむろに切り出した。

「遥はここ受けるんだよな」

「受けます」

遥が即答すると、草角先生はほーんとか、ふーんとか言いながら、虚空《こくう》を見上げて何かを考え込む素振りをした。

「……まあ、受かるも落ちるもこれから次第だけどさ。そもそも、なんで美大受けようと思ったの」

とてもシンプルな質問だが、僕はこれを聞かれたことは一度もない。いかにも絵を描くことしかやることがなさそうだからだろう。遥はチョコバナナの棒をくるくると弄《もてあそ》びながら、気負わずに、ごく当たり前のことのように答えた。

「絵画のことを勉強したかったからです」

「どうして絵のことを勉強しようと思ったの」

「どうしてって……？」

「勉強の先の目的だよ」

美大志望の子たちは、画家になりたいとか、デザイナーになりたいとか、映画監督になりたいとか、具体的な将来の夢がある人が多い。しかし遥にはそういった目標はないらしく、口ごもった。すると、今度はあき先生が横から言葉を投げかけた。

「目的は職業とは限らない。卒業生あんまりちゃんと働いてる人いないし……」

「え」

「まあそれは置いといて、絵を勉強しようと思ったきっかけは？」

「きっかけですか」

「はじまり」

「はじまり……」

簡単な国語のテストみたいに、あき先生がぽつり、ぽつりと言葉を言い換えていく。遥はしばらく黙り込んで、目の前を通り過ぎるカーニバルを薄目で眺めながら、彼女にしてはたどたどしい、静かな調子で語り始めた。

「絵を逆さまに描く幼馴染がいて……、何でだろうって思ったのが始まりですかね」

遥がそう言うと、あき先生は首を傾げた。

「逆さま？」

「その人が、ある森を描く時、いつも天地が逆さまなんですよ。どうして逆さまに描くんだって聞いた時には、描きやすいから、とか言ってたんですけど、嘘なような気がするんです」

「へえ、まあ、描いてる途中でキャンバスを逆さまにするとデッサンの狂いに気づいたりするけど……」

「そういう感じじゃないんですよね。私はその人が描く森のことも、その人のことも知っているつもりだけど、何にも知らないような気がするんです」

遥がそう言うと、あき先生は神妙な顔で深く頷いた。

「なるほど……その人のことが好きなのね」

「いや、そういう話じゃないんですけど」

遥はすぐに否定したが、あき先生はふわふわと楽しそうに続けた。

「いいわね……そういう志望動機の人って初めて。だいたいみんな、そのくらいの年頃だと自分のためだけに描くから」

彼女の顔は全体的なトーンが均一に整っているので分かりにくいが、隣の遥と比較すると、赤いインクを溶かしたみたいに赤くなっている。あき先生はビール瓶をぐいっと傾け、一気に残りを飲み干した。

「だからまあ……そういうのも、面白いから、逆にいいと思う」

どこが面白いのか、何の逆なのか分からないし、いい加減な発言だ。先生はかなり酔っているらしい。遥が戸惑った顔をしていると、草角先生が「その人ってさ、モトカレ？」と聞いた。彼もかなりお酒が回っているようで、頭がゆらゆら揺れている。遥は冷たい声で「違います」と言って、キャンパスの奥にずんずんと進んだ。

僕がギャラリーに展示した絵はすべて、描いている時は天地が逆の構図だった。しかし絵画は地が下、空が上にあるのが当たり前とされていて、それと外れたことをしたら理由を語らなければいけなくなる。何故そのモチーフを描いたのか、何故そのように描いたのか。語らずとも、理由を探られてしまうだろう。僕はそれがどうしても嫌で、地が下、空が上に見えるように展示することを選んだ。僕は逆さまに描いたのではなくて、逆さまに展示したのだ。

遥は中央広場を抜けると、木々の間に無数のテントが立ち並ぶ薄暗い森にたどり着いた。それぞれのテントにピンク色のネオンや赤提灯が掲げられ、夜の空気が漂っている。店はほとんど着席式で、学生たちが煙草《たばこ》を吸いながら談笑していて入りづらい雰囲気だ。

遥が遠巻きに眺めていると、彼女の背中に大きな男がぶつかった。振り向くと、男のさらに奥から無数の人影がやってきて、人波はどんどん膨らみ彼女を押しやった。遥が躓《つまず》いて膝をつくと、誰かが「ごめんなさい」と謝ったけれど、その間にも無数の人たちがうぞうぞと蠢《うごめ》き、誰が謝ったのか分からない。人ごみの奥にＤＪブースがあり、髪の長い男の子がレコードをくるくる回し、みんな縦に揺れて踊っている。

遥が呆れた顔で見ていると、森の奥から僕がふらふらと近づいてきて、彼女の手を取った。

「遥、きてたの？　ここ治安悪いから入っちゃだめだよ」

そう言って僕が顔を覗き込むと、遥はぎょっとして目を見開いた。

「何、その格好……」

遥は僕の手を摑《つか》んで起き上がりながら、僕の姿をまじまじと見た。その日の僕は淡い水色のドレスを着て、目の細かい白の網タイツを穿いていた。顔もきちんとファンデーションをはたいて、瞼には白銀色のアイシャドウを塗っている。僕は俯《うつむ》いて「お店の衣装……」と小さく言った。女性用の服に胴体はきちんと納まっているが、袖なしのミニワンピースから伸びた腕や脚はごつごつしていて、女の子には程遠い。白い網タイツはよく見るとあちこちほつれているし、いい加減な女装だ。

「どんな店よ」

遥は眉間に皺を寄せてそう言った。

「……変わった店かも」

「案内してよ」

「遥は好きじゃないと思うよ」

「いいから」

「うん……」

僕はしぶしぶ遥を連れて、森の奥に進んだ。すると、怪しげな屋台村の最奥に、一段と怪しげなピンク色のテントが現れて、遥は一段と眉間の皺を深くした。大きな看板には「元祖ゲイバー」と書いてある。

「宇一はゲイなの？」

遥がそう尋ねると、僕は気まずい顔で首を横に振った。

「五十年前から続いてる、伝統ある屋台らしい……」

「ふうん、悪趣味」

「そう言うと思った……」

僕はうな垂れた。店に入ると、油画科の院生が派手な花柄のタイツ姿で器用にポールダンスを披露していて、お客さんから甲高い歓声が上がり、ますます遥の機嫌が悪くなった。僕たちはなるべく奥の席に落ち着いて、メニューで一番目立っていた綺麗な青い飲み物を二つ頼んだ。女装した他の仲間たちが遥に目を留めたが、僕が手でバツを作ると寄ってこなかった。

　安っぽい浴衣を着崩した、日本画科の男の子がすぐに飲み物を持ってきたけれど、透明な青いドリンクはピンクの内装を透かして濁ってしまっている。僕は「なんだか思ったのと違う」と言いながら遥に申し訳なさそうに渡し、遥は「ふん」と言いながらグラスを傾けた。

「遥は芸術祭来ないと思ってた」

　僕がそう言うと、遥は無言で頷いて、青いドリンクをずるずると一気に半分ほど飲んだ。

「……来るつもりなかったけど、予備校の人たちに誘われたんだよね。待ち合わせからはぐれてて、会えてないけど」

「どういう状況？」

「わかんない」

「先生たちも一緒に来た？」

「来てるよ」

「そうなんだ」

　僕は途端に顔を輝かせて、ふわふわとどこか遠くへ視線を泳がせた。久しぶりに、あき先生や草角先生に会いたくなったんだろう。遥は僕の様子を見て、呆れたようなため息を吐いた。

「その格好で会いに行かない方がいいと思うよ」

「みっともない？」

「ううん。微妙に似合ってるのが、笑えない感じ」

　遥はそう言うとドリンクを飲み干し、お代わりを注文した。そして踊る男がテーブルに滑らせた青いドリンクを見事にキャッチし、また勢いよく半分ほど飲んだ。すると途端にとろんとした表情になって、僕の胸元にじっと視線を注いだ。

「……そのドレスって、あき先生をイメージしてるの？」

「え？」

「あき先生が合格祝賀会で来てたドレス、水色のミニワンピースだよね。写真で見たの」

「そうだっけ……」

僕は素っ気なく答えたが、目はきょろきょろと動き回り、明らかに動揺している。

その日の僕は、あき先生の真似をしたつもりなんてなかった。ゲイバーのドレスは、繊維街の安い店でみんなと一緒に調達したもので、僕一人が選んだわけではない。しかし薄暗い店の片隅で、色とりどりの布に埋もれていた水色のワンピースを最初に手に取ったのは、確かに僕だった。

僕はあき先生のドレスを全然覚えていないそぶりをしているけれど、本当は忘れたことなどない。あき先生のドレスはもっと上品な複雑な色で、布地の光沢も細やかだった。僕が穿いているのは安物の網タイツだけれど、あき先生は目の細かいストッキングを穿いていて、素足に薄く紗をかけたような不思議な質感をまとっていた。それがとても綺麗で、あの日一緒にいた他の誰よりも記憶に残っている。

僕が気まずそうに黙り込むと、遥は再びため息を吐いた。

「あき先生はやめた方がいいと思うよ」

「……やめるって、何を？」

僕が動揺を引きずったまま揺れる眼差しを向けると、遥は腕を組んで、じっと僕の目を見た。光が差し込むように、僕の中に入ろうとするその視線は、頭の中まで覗き込もうとしているみたいだった。僕は再び視線をはずし、テーブルの水溜まりを見つめた。僕の青い飲み物は全然減っていなくて、氷が溶けて薄い透明な水の層が出来ている。

「好きでしょう？」

「……」

「でも、あの人思ってるより厄介だよ、多分」

「何を言ってるのか、よく分からない」

僕は震える声で言った。

僕は決してあき先生を手に入れたいわけではなかった。彼女のことは特別で、考えると気持ちがふわふわと明るくなったけれど、遥と元カレがしていたようなことをしたいかと言われたらいまいちぴんとこない。ただ、僕は目を閉じると浮かび上がる彼女の残像から逃れられなかっただけだ。僕はいつも、目の前に貼り付いて離れない光景をどのように描き写すかを考えていた。眩《まばゆ》い夏の森、銀杏の金色、冬枯れの木々、あの人の佇む気配、あの人の描いた絵。僕が描くべき無数の風景に付随する過去の出来事は、つらい事件だったり、情けない話だったり、穏やかな時間だったり様々だが、僕の目に残っている色彩は、すべてが等しく鮮やかだ。その色彩は触れられないし、言葉で語ることはできない。ただ絵に描くしかない。

僕はここで遥に何も言いたくないと思った。

僕が黙り込むと、遥は徐々に視線をはずし、小さく謝った。

「ごめん、変なこと言って。忘れて」

そう言って、彼女は気を紛らわすように青いドリンクを飲み干し、ぼんやりとピンク色の店内を眺めた。

時計の針が五時を指すと、店の音楽が急に大きくなって、店員たちがおもむろに立ち上がった。花のような衣装をまとった男達はそれぞれポーズをとったり、客を立たせてあれこれ指示したりしている。遥が怪訝そうに見ていると、僕はややぶっきらぼうに「ダンスタイム」と言った。花柄タイツの先輩が勢いよくポールによじ登り、熱帯魚みたいなドレスを着た先輩はフロアで見事なピルエットを披露した。

「……踊ろうか」

遥は突然そう言って、ぬらりと立ち上がった。そして僕の腕を引っ張って横に立たせると、腰に腕を回してワルツを踊るような姿勢を取った。

「え、何してんの」

「みんな踊るんでしょ？」

そう言う遥の目は半開きで、頰が赤くなっている。

「もしかして酔ってる……？　あれ、これ……お酒？」

僕が慌てて遥と青いドリンクを見比べると、花柄タイツの先輩がポールからすとんと降りて、「この子、お酒ダメだったの？」と心配そうに聞いてきた。

「ダメっていうか、高校生なので……」

僕が眉毛をハの字に下げてそう言うと、先輩は目を吊り上げた。

「は？　うちは未成年入れちゃいけない決まりだぞ」

「え、そうだっけ」

「話しただろ！　ちゃんと聞いてろよー」

先輩は僕を叱ると、僕と遥の首根っこを摑んでずるずると店の出口に引きずっていき、ぽんと外に追い出した。

「責任もって家に帰しなさいよ」

先輩の呆れた声と共に僕たちが取り残されたのは、夕闇が迫る賑やかな森。色とりどりの屋台の提灯が浮かび上がり、薄明の森をまだらに染め上げ、あやしげなおばけが誘っているみたいだ。人の影は曖昧なシルエットになって、うぞうぞと色彩の間を漂っている。

「……人がいっぱいだなあ」

僕が夜のざわめきを呆けたように眺めていると、遥がふらふらと歩き出した。まだ踊るつもりなのか、じぐざぐにステップを踏みながら、騒がしい色彩に導かれるように森を進む。僕は慌てて彼女を追いかけて、手首を摑んで傍らに引き寄せた。それからなるべく人目につかないようにアトリエ棟の裏を通り抜け、僕たちの住み処へ向かう上水沿いの道に辿り着いた。

水の音が響く遊歩道をふらりふらりと二人で歩いていると、遥はどんどん足取りがおぼつかなくなり、苔《こけ》むしたベンチの横で立ち止まった。僕が心配そうに彼女を見ると、遥は静かな声で言った。

「……何か、不安なことがある？」

「この状況が不安だよ。遥のお母さんお父さんになんて言おう」

僕がぶつぶつ言うと、遥はふふんと笑った。

「今日は温泉行ってるから、帰ってこないの」

「そうなの？　よかったー」

「ちょっとまって。吐く」

「わあ……」

遥はベンチに座り込んで、ぐったりと下を向いた。足を開いて、その両膝に腕を置いてうつむく姿は立派な酔っ払いだ。この事態に責任がある人がいるとすれば僕なのだが、当時の僕は呆れた顔で遥の酔っ払い姿を見ている。

「大丈夫ー？」

僕は背中をさすろうとしたが、遥は手でしっしと払って拒否をした。

「ちょっと……落ち着くまで待って」

遥はそう言って、うーんと唸りながら地面を見つめた。僕は言われたとおりに待つことにしたが、遥に気づかれないようにちらちらと様子を窺っている。しばらくしても動かなかったら担いで帰ろう、などと考えていたような気がするけれど、果たしてドレスとハイヒールでそれが可能だったかどうか分からない。

僕は何も纏《まと》っていない腕をさすりながら、ふらりと水際に立ち、暗い水面を見つめた。森の中はすっかり漆黒だけれど、まだ空には夕日の名残が僅《わず》かに残っていて、紫がかったグレーの空と黒い木の影の対比がきれいだった。水に映った暗い森の像の上に、街灯の明かりや通り過ぎる車のヘッドライトがきらきらと反射して、独特な色彩を構成している。

僕が草むらに座り込んで、水のおもてをもっとよく見ようとしていると、ふと背後から冷めた声が聞こえた。

「……何を見ているの？」

「あ、大丈夫になったの？」

僕が振り向くと、遥は上体を起こして、姿勢良くベンチに腰掛けていた。その様子は、見酔いが覚めたように凛として見えるが、表情はとろんとしたままで、依然として目が据わっている。

「わかった……」

遥は低い声で厳かにそう宣言した。

「森の絵が逆さまだったのは、水面に映った姿だからなのね」

「え、何？」

遥は静かにそう言った。しかし僕は何も答えず、再び水に目を落とした。

遥の言う通り、僕の森の絵はすべて水面に映った姿を描いたものだった。一人で歩く学校の帰り道、どうしても足が進まなくなって学校を休んだ昼間、得体のしれないおばけのような悪意に襲われた後。燃え盛る緑も、青ざめた枯れ木も、僕の記憶に根深く残っているのは、水面に映った姿だけだった。

遥は幼い頃から僕のすぐ側で暮らしていて、僕がどんな風に過ごしてきたかを知っているし、僕が嫌いなものや好きなものも大体知っている。僕が夏の日に同級生に襲われて倒れていた時も、遥が通りかかって助け起こしてくれた。あれは夏休み直前の放課後で、彼女は教室に置きっ放しにしていた書道道具や図工の作品を持ち帰っているところだった。彼女は荷物をどさっと草むらに放って、僕に駆け寄り、何が起きたのか聞いた。僕はただ起こったことを答えて、大したことないと言って立ち上がった。それから僕たちは彼女の荷物を半分ずつ持って一緒に家に帰った。あの時、僕たちは確かに同じ時を過ごしていたけれど、彼女は僕が何を見ていたかは知らない。

水は僕の視線を跳ね返しもせず、見つめ返すこともなく、ゆるゆると流してしまう。僕を咎める声も、好奇に満ちた目も、水のおもてには何もない。みんな全てきらきらした光の集まりになる。あの頃の僕が唯一視線を注ぐことを許されたもの。その鮮やかなきらめきを見つめていた時間について、僕は散々絵に描いたくせに、本当は誰にも知られたくないと思っていた。すぐ傍を歩いていた遥にさえ、教えたくないと思っていたのだ。

「またあの森を描くの？」

遥がベンチに座ったまま僕を見て、どこか心細い声でそう聞いた。すると、僕はようやく渋々といった風に声を出した。

「多分、もう描かない。次のテーマに取り掛かる」

「そう」

遥はほっとしたような顔で頷いた。

「それがいい、あの絵は宇一をちっとも救ってくれない」

遥がそう言うと、過去の僕は不思議そうな顔をした。なぜ救われるために絵を描かなくてはいけないのか、分からなかったからだろう。

僕にとっての絵画と遥にとっての絵画はきっと全然違う。もう少し話を聞きたくなったけれど、当時の僕はぼんやり黙っている。

「帰ろうか」

遥はそう言って、すっくと立ち上がった。すると夜に溶けていた長い黒髪が、揺れて幾筋かきらきらと光った。彼女の髪は見つめても何も言わないから思う存分眺められる。しかし彼女の大きな黒い目は、じっと僕の奥底を見つめようとするから、昔から少し怖かった。

僕が頷いて歩き出すと、遥がいきなり僕の手を摑んですごい力で引っ張った。僕は「わあ」と声を上げて、後ろに倒れそうになりながら、どうにか体勢をもちこたえた。

「……何するの」

「こっちの台詞」

遥はそう言って、僕が行こうとした先を指差し、眉間に皺を寄せた。僕はいつの間にか方向感覚を失って、家とは真逆の草むらに入ろうとしていたようだ。目を凝らすと、草むらの奥には、空間にぽっかりと穴を開けたような大きな水たまりが広がっていた。遥は僕を傍に引き寄せて、街灯の明かりが照らし出す正しい道を示した。

「家はこっちだよ。まったく、あぶなっかしいんだから……」

遥はぶつぶつと独り言のように言いながら、僕と固く手をつないだ。僕は「ごめん」と言って、おとなしく手を繋がれたまま、水色のワンピースの裾をひらひら揺らして夜道を歩いた。

「よく見て、ちゃんと歩いてよね」

遥はそう言って強く手を握りこんだ。その細い指の感触が、鉛筆ダコでがさがさ硬かったのをよく覚えている。僕はふと、遥がこれからどんな風に自分の絵を描くのか、一枚でもいいから見てみたいと強く思った。

僕はじっと水たまりのほとりに座り込んで、水辺を歩く二人を見つめた。彼女たちが進むにつれて街灯はだんだん少なくなり、森は真っ暗になっていく。思わず水面に手を伸ばそうとしたけれど、僕には腕がない。やがて長く伸びる二つの影は輪郭が曖昧になって、黒に溶けて消えた。

或る観賞魚

今日がもう終わろうとしている頃に草角《くさかど》は帰ってきた。窓の向こうは明るい薔薇色《ばらいろ》。夜が降りてきて、昼が地球の裏側に追いやられようとしているのだ。彼はしばらく窓辺に立って空を眺めたが、一分程で気が済んで、蛍光灯の紐《ひも》を引っ張った。部屋はしらじらと光って夕焼けは急に精彩を欠いた。

草角は荷物を床に落とすと、イーゼルの前の小さな椅子に腰掛けて、私をじっと見つめた。それから腕をぬっと伸ばして画材の山から筆を抜き取り、キャンバスに色を重ねていった。蛍光灯は太陽光を模した高級品で、光は多くの波長を含んで私の上に降り注ぐ。太陽と違って落ちず、曇らず、常に均一な光を放ち、草角の見たいものを余すところなく照らし出す。近所の電気屋から気まぐれにプレゼントされた品で、高級すぎて店の奥で何年も埃《ほこり》をかぶっていたものらしい。他にも古道具屋に貰《もら》った椅子や小物入れ、大家に貰ったテレビと冷蔵庫、大学から引き取った古いイーゼル、テーブルなど、来歴のバラバラなものたちが、何となく集まって部屋を形作っている。

色とりどりの画材はあちこちで山になり、絵の具で汚れた家具との境界は曖昧《あいまい》だ。部屋は台所も寝床も作業場もすべてひと続きの空間なので、絵の具はどこまでも侵食し、冷蔵庫にまで点々と色がついている。

草角は基本的に雑な男だ。髭《ひげ》はたまにしか剃《そ》らなくて、眼鏡のツルは曲がってレンズは曇りがちだし、大きな体を包み込む作業着は褪《あ》せて曖昧な茶色である。布団や椅子には煙草《たばこ》で焦がした跡がいくつもある。部屋中に無数の絵が置いてあるが、未完のものも完成品もごちゃまぜで、壁一面をぐるりと囲んで有機的な山脈を描いている。草角曰《いわ》く、すべての物はひそかに意思を持ち、勝手に消えたり散らばったり、集まって山を作ったりするものらしい。

「ハムもらったんだけどさ……」

突然、部屋の奥から抑揚のない低い声が聞こえて、草角はガタッと音を立てて立ち上がった。

「これって焼くのかな。そのままいけるのかな」

そう言いながら、台所のカウンターから白い生き物がのろのろと出てきた。背が高くて肌の白い男で、白いTシャツに作業着まで白に近い灰色なので、大きな消しゴムを思わせる。彼は手に桜色の肉塊を持ち、ぶらぶら揺らして草角に見せた。

「なんでいるんだ？」

草角が怪訝《けげん》な顔をすると、白い男は「この前鍵《かぎ》くれたから」と言って、作業服の尻ポケットから鍵を取り出して見せた。

「え、いつあげたっけ」

「そこの飲み屋で飲んでる時。アトリエ見てみたいって言ったら、くれたよ」

「全然覚えてねえ」

草角はうなだれた。彼は酒を飲みすぎて前後不覚になる癖がある。酩酊《めいてい》した草角は色々なものを他人に明け渡す。休日の時間、大事な約束、家の鍵。その分、お返しのように人から色々なものを貰っているけれど、ずいぶん無防備で行き当たりばったりだなと呆れてしまう。

「じゃあ、返しとく」

白い男は何の感情も見当たらない淡々とした調子でそう言って、鍵をテーブルの上に置いた。そしてゆったりとした足取りで台所に戻り、コトコトと物音を立てた。

この白い男がふらりと部屋に入ってきたのは一時間ほど前のこと。最初は泥棒かと思って身構えたが、彼は窓際の椅子に座って居眠りしているだけだった。そこかしこに置いてある絵や、棚にぎっしり詰まった画集にも一切目をくれなかったので、芸術には興味がないのだろう。何をしに来たのか不思議に思いながら彼を監視すること数十分、ようやく立ち上がったので帰るかと思いきや、のろのろと台所を物色し始め、今に至る。

「アトリエっていうから、ギャラリーみたいな感じだと思ってた。普通に家だね」

男は調理をしながらぽつぽつと言った。家主がいないのに図々しく上がりこんだことの言い訳をしているつもりなのかもしれない。

「家だよ普通に。でもまあ、いつ来てくれてもいいけどさ……」

草角はそう言いながら、鍵を自分の鞄《かばん》にしまった。ついでにイーゼルを隅に寄せて、窓際のテーブルをずるずる引きずって部屋の中央に置いた。白い男はそこにハムを並べた皿を持って現れ、テーブルの上に皿を置きつつ、ちらりとイーゼルの上のキャンバスを見た。描かれているのは薄紅色のざっくりとしたしましま模様。しまの境界は曖昧で、色と色がにじんで重なり合って、水面のように揺れている。

「……ピンクだ」

白い男は淡々と色を報告した。しかしそれ以上何をどう解釈したらいいのか分からないらしく、助けを求めるようにちらりと草角を見た。

「金魚の絵」

草角がごく簡単に説明すると、白い男は眉間に皺《しわ》を寄せて首を傾《かし》げた。絵には魚らしい形は一切描かれておらず、どこからどう見てもただのしましまである。草角の絵はいつもこんな調子で、一見何が描いてあるのか分からない。

「もしかして、あの魚を描いたの？」

白い男はそう言って私を見た。草角が頷《うなず》くと、白い男は私と絵を交互に見て、しばらくうろうろ目を往復させていたが、やがて理解を諦めた。

「……大きいね」

白い男はとりあえず私に関してひどく単純な感想を言った。

「多分、二十年以上生きてる」

草角がそう言うと、白い男は無表情な顔を少しだけ驚いたような形に変化させた。

「うまく適応できたんだ」

確かにこの水槽には不快も危険もなく、私は長い時間を生き延びている。閉ざされた水の中には私と水草しか居ないので、危険がないのは当たり前だ。苦しみも痛みもないけれど、その代わり何の事件も起こらない。ひたすら変化がなく、退屈で孤独だ。私は人間がガラス越しに眺めるためだけに作られたもので、私が何をどう考えて生きるかなんて考慮されたことはない。私は自由から程遠い、何もできない綺麗なだけの魚である。

「変わった色だね」

白い男が不躾《ぶしつけ》に顔を近づけてきたので、ぷい、と尻を向けて水草の陰に入った。

「……隠れた」

白い男はなぜか楽しそうに言った。

「たまに人見知りするんだ」

「人を判別しているの？」

「してる。結構ものを覚えてるし、好き嫌いもある」

「へえ。痛覚もあるっていうしなあ……」

白い男はのんびりと当たり前のことを言った。なんだか魚をなめた態度の男である。

草角がどこからともなく酎ハイの缶を取り出し食卓の上に並べると、男二人は向かい合って座った。女の人がいる時は祝い事がなくても乾杯をするけれど、彼らは何の儀式もなく無言でぐいぐい飲み始めた。

「これ、焼くやつじゃなくない？」

草角がハムを食べながら怪訝そうな顔をすると、白い男は他人事のように「そうかもね」と言って、焦げ目のついた桜色の肉をもそもそと食べた。そうしてしばらく盛り上がらない酒宴が続いた後、白い男がおもむろに口を開いた。

「夜、ちゃんと寝てる？」

唐突な質問に、草角はやや面食らいつつ、タワシみたいに髭の生えた顎《あご》をなでた。

「なんでそう思った？」

「前に会った時より、眼球が濁ってる」

「いま酒飲んでるからじゃねえの」

「そうかなあ……」

白い男はのんびりと言いながら、リラックスした様子で背もたれに体重を預けた。自分から切り出した話題のくせに、手と口は絶え間なく酒とハムを往復していて、いい加減な態度である。草角はうーんと唸りながら、のろのろと口を開いた。

「寝不足といえば寝不足かもしれない」

「へえ」

「この前、俺が世話になってた先生の不祥事が発覚して、ちょっと落ち着かない感じではある」

「不祥事って？」

白い男がそう聞くと、草角は一瞬言い淀んだが、ハムを口に放り込んで「強姦《ごうかん》疑惑」と言った。

「絵画モデルの女の人に乱暴したらしい。その人が最近、自伝小説に書いて話題になった。先生はとっくに死んでるし、昔の話だし、どこまで事実でどこから脚色なのか分からないけど」

その事件については、草角がなんとなくつけた昼のテレビでちらりと見かけた。被害者の元モデルは写真だけの出演だったが、目が鹿のように大きくて、首が少年のように細かった。テレビでは小説のワンシーンが紹介され、老画家がアトリエでヌードモデルに迫る様子が淡々と読み上げられた。老画家が描いた彼女の絵も、まさにこれが犯罪の現場である、というふうに大写しにされた。

それは裸の女が苔《こけ》むした地面に座り込んでいる絵で、女のもの問いたげな視線が印象的だった。白い肌はところどころ血色を透かした紅色に彩色されて、生々しく女の肉が暴かれていた。老画家はとても扇情的な絵を描く男で、それ故に、鑑賞者は自然とモデルと画家の親密な関係を想像した。

「そうなんだ。俺全然テレビ見てなくて……」

白い男はそんなどうでもいいことを言った。いかにもテレビを見なそうな男だなと思った。

「まあ大御所だったから、美術界は結構大騒ぎ」

「大学の先生？」

「いや。子供の時、たまたま家が近所だったから絵を見てもらってただけ」

老画家は自宅で私塾のようなものを開いており、そこには絵を習う者や画商など、取り巻きがわらわらと集まっていた。本来は、近所だからといって子供が寺子屋のような感覚で入れる場所ではなかったが、草角はふらりとやってきて、可愛がられていた。

「頑固で変わったじいさんだった。子供相手に哲学的なことをぼそぼそ語ってきて、何言ってんのか全然わからなかったけど、俺がとんちんかんなことを言っても笑わない。絵さえちゃんと描けば認めてくれた。なんというか、高潔だったよ。絵のことしか考えていない人だった」

「ふうん」

「……ように見えた」

草角が酎ハイをちびちび飲みつつそう言うと、白い男は微笑した。

「違った？」

どんなに気高い画家だって、絵のことだけ考えて生きるのなんて不可能だろう。人間はどうしても他人と関わらなくてはいけない。この人が愛しいだとか憎いだとか、触りたいとか傷つけたいとか、余計なことを考えて、躓《つまず》くこともあるだろう。

草角はため息を吐《つ》いて「まあ、分からん」と言った。

「元モデルの小説は信じがたいような気もするし、いかにもありそうなことのようにも思える。自分の周りで何が起こっていたかなんて、全然分かっていなかった」

草角の言葉に、それはそうだろうな、と私はひとり水の中で頷いた。草角はいつも自由で、才能に溢《あふ》れていて、楽しそうだった。幼い彼は、いつも絵のことばかり話していた。


白い男が酎ハイを半ダース空けてから帰ると、草角はようやく水槽の側に立って、水の中を覗き込んだ。

「今のは近所の温室の人。植物の研究者なんだって」

草角の言葉に、私はゆらゆらと胸びれを振った。作業着を着ているわりに、日焼けをしていないのはそういうことだったのかと納得する。

「そこの並木道を北に行くと大きな温室がある。天井も壁も全部ガラスで、遠くから見てもきらきら光ってる」

私が生まれたのも温室の水槽だった。温室自体もまた大きなガラスの箱に過ぎないけれど、色とりどりの草木が繁茂していて、幼い私はあれが世界のすべてだと思っていた。無数の水槽に多くの仲間が泳いでいて、美しい者も醜い者もいた。きっと両親や兄弟もいただろうけど、誰も喋《しゃべ》らないのでよく分からなかった。

「なかなかいい奴だっただろ」

悪い人間ではないが、良い人間とは言い切れない。尾びれを揺らして否定すると、草角は笑った。

「そう言うなよ。その水草もタダでくれたんだぞ」

知らない、とまた尾びれを振ると、草角は目を細めた。彼はしばらく私の尾びれにふらふらと視線を泳がせ、ふと真顔になって、私の目をじっと見た。

「覚えてる？　先生のこと」

私は水の中でじっと沈黙した。勿論《もちろん》覚えているけれど、彼の思い出話で盛り上がる気はない。

「薄情だな。元飼い主だろ？」

確かに、あの温室から私を連れ出したのはあの老画家だった。しかし、私の面倒を見ていたのは専《もっぱ》ら彼の孫だった。

「いや、飼い主は雲雀《ひばり》だけなのか……」

私は胸びれを揺らした。老画家の孫は雲雀といって、その名の通り透き通った声の綺麗な女の子だった。雲雀は草角の四つ年上で、大して話が合うわけでもなかったが、草角は随分なついていた。草角は老画家の部屋で絵を学んだ帰りに、必ず雲雀に声をかけていった。

「寂しい？」

草角は時々、何の気負いもなくひどく敏感な部分に踏み込むようなことを聞いてくる。こんな不躾な質問には答えたくないので、私は水の底でじっと黙り込んだ。

私が雲雀と離ればなれになったのは一年前のこと。彼女が遠い海の向こうで結婚生活を送ることになったので、空の旅についていけない私は草角に託された。草角は「魚なんだから、泳がせていけば」と軽口を叩いたが、雲雀は真に受けて怒って、淡水と海水の違いをこんこんと説明した。世界がすべて淡水だったとしても、私はそんなに長く泳げない。

「よくよく考えたら、変わった家だったよな」

草角はそう呟いた。私が実際に見た人間の家は、老画家と雲雀が住んでいた三鷹の屋敷と、雲雀の一人暮らしの部屋と、草角の汚いアトリエの三種類。全て違うからなんとも言えない。私が体を曖昧に揺らすと、草角は頷いて「いや、俺も何が普通かなんて分からないけど」と言った。

昔の草角は私を部屋の装飾としてしか見ていなかったが、最近はよく話をする。私たちが一緒に暮らすようになって、もう一年経ったとも言えるし、まだ一年しか経っていないとも言える。あなたは私と暮らして何を思う？　何を感じる？　私は視線だけで草角に問いかけた。

「何だよ？　じっと見て」

草角は酎ハイを飲み干すと、キャンバスの前に座って画材の山に手を突っ込んで、のろのろと私を描き始めた。彼は老画家の事件が発覚してから、私をモデルにした大きな絵画の制作を始めた。薄紅色のしましまを描き始めてから十日程経ったが、いつ完成するのかは分からない。草角はしばらくキャンバスに絵の具を塗った後、ぼそっと口を開いた。

「小説を書いたモデルの人、覚えてる？」

私は胸びれを揺らした。テレビに映った顔はあの頃よりも年をとっていたが、人形のような美しさは変わらなかった。あの屋敷には、老画家の生徒や画商など無数の人間が出入りしていたが、モデルたちの容姿は際立っていたので全員よく覚えている。

「俺は記憶にないんだよなあ。モデルの人も、先生の門下生も、画廊の人も、顔も名前も全然分からん。誰も俺みたいな子供に自己紹介しなかったんだろうな」

草角はぶつぶつ言いながら作業を続けた。

彼はかなり記憶力がいい人間だが、やはり幼い頃の事実認識は偏っている。画塾の大人たちは幼い草角にあれこれ話しかけていたし、菓子や本も与えて可愛がっていた。何故なら老画家のお気に入りだったから。しかし草角の頭には老画家と雲雀以外の有《う》象《ぞう》無《む》象《ぞう》は印象に残らず、過去から消えてしまったようだ。

「雲雀は全部、覚えているのかな」

草角はぼんやりと呟いた。


私が雲雀と出会ったのは、生まれたての小さな子供だった頃。老画家が、雲雀を連れて私の住む温室にやって来たのだ。雲雀もまだ小さい子供で、老画家の髪は細筆で刷《は》いたような墨色を残していた。

雲雀は温室に入るなり頬を紅潮させて水槽を覗き込んだが、彼女がまず注目したのは鮮やかな三色鱗《うろこ》の金魚だった。紅、白、墨をすべて兼ね備えた金魚は水槽の中でも目立っていて、心なしか泳ぐ姿も堂々としていた。一方、私は全身透明な桜色の鱗に覆われ、昼の光の中ではぼやけた印象だった。

雲雀は私に見向きもしなかったが、老画家は灰色がかったガラス玉のような目をまっすぐ私に向けて、嗄《しゃが》れた声で「これか」と言った。私は老画家が育種家に依頼して作らせた特注品で、墨の薄い三色鱗を掛け合わせて、何代かの命の後に生まれたらしい。彼はどうしても透明な桜色の金魚が欲しかったようだ。

老画家が淡々と私を買い取る手続きを進めると、雲雀は一瞬不満そうな顔をしたが、老画家は全く雲雀を顧みなかった。雲雀は彼の頑《かたく》なな気配を感じとると、気分を入れ換え、私の顔をじっと見つめた。彼女が小さく「よろしくね」と言うと、水が優しく振動し、私は胸びれを振って答えた。

家に帰るまでの道すがら、彼女は丁寧に世界のことを教えてくれた。

「あそこに見えるのが銀杏《いちょう》の木、秋になるともこもこして黄色になるよ。その向こうに長くて細い川があって、私の家まで続いているの。今は車がたくさん通っているから、あっちには渡れない。でも、もう少し歩けば信号があって、橋がかかっているから、私たちは向こうに行ける」

私は雲雀の声を注意深く聞きながら、目に見えるものと彼女の言葉をひとつひとつ結びつけていった。その間、老画家は何も喋らず前を歩いていた。彼は私を手に入れた瞬間にすっかり目的を果たしたらしく、全く私の世話をする気がなさそうだった。

家に着くと、どこからともなく雲雀の母親がぬるりと出てきて、私を小さな球体の水槽に入れて、がらんとした和室の床の間に置いた。私の目の前には若草色の畳が連なり、その先に板張りの廊下が見え、奥には白い玉砂利《たまじゃり》を敷き詰めた庭があった。中庭を望む和室は常に障子が開かれて、廊下を通る客人たちの目を楽しませる為の部屋だった。私の頭上には掛け軸が垂れ下がり、隣には鉄錆色《てつさびいろ》の花瓶が鎮座して、季節の花々が生けてあった。老画家は私が完璧に配置されるのを見届けてから、満足げに頷いて立ち去り、それから数週間私の前に姿を見せなかった。老画家は日中ほとんど自室に籠もって絵を描いており、廊下を横切る姿さえ滅多に見せなかった。代わりに、彼の弟子だの仲間だのが毎日出入りしていたので、私たちは名も知らぬ他人の気配によって老画家の生存を確認していた。

私の水槽は幼い雲雀が抱えることができるほどの大きさで、彼女は私をいろいろな場所に連れて行った。視界はつなぎ目なく全方向に開いており、雲雀が移動するたびに私は世界を観察した。廊下に座って一緒に庭を眺めたり、居間でテレビを見たり、時には大胆に家の外をぶらぶら歩くこともあった。木漏れ日を身に受けたことのある金魚は、どれくらいいるだろうか。上水沿いの並木道は、夏の昼間には金色のモザイク模様になって激しく揺れ、水の中に複雑な水玉模様を描いた。雲雀がよく着ていたワンピースもぼんやりとした水玉模様で、木漏れ日の迷彩になって森に消えてしまいそうだった。

雲雀の簞笥《たんす》にありふれたTシャツは一枚もなく、綺麗な布のワンピースがずらりと並んでいた。雲雀の意思とは関係なく勝手に用意されたもので、少しでも汚すと彼女の母親が嫌な顔をした。それゆえ、雲雀は砂遊びにも追いかけっこにも加わらず、いつも私と一緒に遊んでいた。

ある夏の夕方、雲雀は私と一緒に縁側に腰掛けて、戯れに孔雀草《くじやくそう》の花びらをむしっていた。石庭の奥の茂みには季節ごとに様々な花が咲き、雲雀は時々摘んで遊んでいた。花は動かないしものも言わないが、色形は美しい。しかし、その形をじっと目で追うだけではどうしようもなく手持ち無沙汰になる瞬間があり、雲雀は大抵最後には花びらをむしった。花の美貌は損なわれるが、花びらの感触と、ぷちりと細胞が千切れる音、自分の行為によって花の姿が変わっていくということ自体が快楽だったのだろう。雲雀は無心に花を解体していた。

ふと異様な振動を感じて、体を回転させて雲雀の背後を見ると、老画家がぬらりと長い背を丸め、ぎょろぎょろした油断のならない目つきで雲雀の手元を覗き込んでいた。彼は左脇に画帳を抱えて、手には短い鉛筆を握り込み、珍しく外で絵を描こうとしているようだった。私は彼を見上げて胸びれを振ったが、彼は私に目をくれず、雲雀の手の中の花を凝視していた。老画家は乾いて擦り切れた、灰色がかった唇を動かし、どこで摘んだのかと聞いた。雲雀が無邪気に「お庭」と答えると、老画家は突然大きな声を出した。

「ふまどなすば!! うがあめはか!!」

彼の言葉は、私には全く聞きとれなかった。画帳を睨《にら》みつけてよくわからない言葉を叫ぶ姿は、絵本に出てくる谷底のおばけのようだった。うるさい声が不快で身をよじったが、雲雀はすっかり腰を抜かして縁側にぼけっと座ったままになっていた。老画家はそんな彼女を忌々《いまいま》しそうに睨んで、片手に持っていた画帳を大きく振り上げた。雲雀はまだ小さく、老画家がその痩せた骨ばった手で画帳を振り下ろしただけで、勢い良く吹っ飛ばされてしまった。雲雀は背中からごろんと倒れ、ボールみたいに転がって、部屋の障子にぶつかった。その時、木枠のささくれがうなじに刺さって、血が噴き出て、小さな丸い背中があっと言う間に真っ赤になった。

間もなく悲鳴がぴりぴりと水を揺らした。それが雲雀のものなのか、飛んできた彼女の母親のものなのかよく分からなかったが、母親は雲雀を抱え上げてすぐに私の視界から消え去った。私はぐるりと身を翻《ひるがえ》して辺りを見たけれど、老画家はいつの間にかいなくなっていた。

その日の夜、母親は寝室で雲雀の包帯を取り替えながら「あの花は、おじいちゃんの大事な花なのよ」と言った。私は、雲雀が殴られたのが花のせいだとその時初めて分かって驚いた。

母親は唯一無二の宝物の話をするように芝居がかった口調で諭したが、老画家が庭の花を愛《め》でている姿なんて見たことがなかったし、花は庭師が適宜植えたり切ったりしていて、毎年同じ花が咲くわけでもない。醜く枯れたら引っこ抜かれて、全然違う花に交代する、石庭の調和を保つための脇役に過ぎなかった。たまたまこの夏一番綺麗に咲いた一輪を、老画家が絵に描こうと思ったら、既に雲雀が摘んで台無しにしていた。ただ、それだけの話である。名前でも書いておけばいいのにさ、と思ってバカバカしくなり、私はぷいと母親に尻を向けてぷらぷら泳いだ。しかし雲雀は神妙な顔をして何度も頷き、それから二度と花を摘まなかった。

老画家は時折癇癪《かんしゃく》を起こしていたようで、彼の部屋から怒号が聞こえることが度々あった。雲雀はそのたびに口をきつく引き結び、だんだん無口になっていった。

老画家はおっかない嫌な男だったが、雲雀や母親をはじめ屋敷中の人間に気を使われて、宝物のように扱われていた。その理由はひとえに彼が美しい絵を描けるからという一点に尽きた。私は、絵がちょっと上手だからってなんだっていうのさ、と思ったけれど、いざ彼の絵を見ると圧倒されて、日頃の恨みが有耶無耶《うやむや》になってしまった。

年に数回、画商や助手が老画家の絵を運んでどこかに持ち出す日があって、私たちは彼の絵が廊下を通り過ぎるのを食い入るように見つめた。描かれていたのは大抵裸の女の人で、部屋のベッドで寝そべる姿や、庭に佇《たたず》む姿などが細密に描かれていた。魚の私でも、老画家の絵が飛び抜けて美しいことは分かった。雲雀が戯れに描く落書きは勿論遠く及ばないし、そこらに転がっている絵本や画集とも全然違う。あの干からびたおばけみたいな老画家から生まれたとは思えないほど艶《あで》やかな色彩で、描かれた女性に話しかけたら今にも答えてくれそうだった。できることなら私の透明なひれを一つ分けて、その白い腰につけてみたくなるような、甘美な妄想を掻《か》き立てる絵だった。

雲雀はその絵をもっとよく見たいと思ったのだろう。私を抱えて何度か老画家の部屋に入ろうとしたが、ドアは常に固く閉ざされ、中からは知らない大人たちの話し声が聞こえて、幼い少女の勇気はあっけなく潰《つい》えた。

雲雀はよく私と一緒に中庭を望む和室に座って、廊下を行き交う客人達をぼんやりと眺めていた。生徒達、美しいモデル、画家仲間など、沢山の人間が通りかかったけれど、みんな私たちにちらりと視線を寄越すだけで、誰も話しかけてこなかった。私たちは花や掛け軸と同じだった。


モデルと老画家の関係はいつも一年ほどしか続かず、春が訪れるたびに人が入れ替わった。皆、通い始めの頃はツンと澄ました顔をして、どんな視線も全方向から受け止めてみせるという強い気概が感じられたが、通い続けるうちに疲れておどおどし始めたり、周りを威嚇《いかく》したりして、最後は容貌が色褪せ消えていった。

老画家がはじめて雲雀を部屋に呼んだのは、彼女が十歳になった時だった。その頃には、幼い時のようにどこに行くにも私と一緒というわけではなく、友人と遊ぶ時や、図書館に出かける時などは私を和室に置いたままにしておくようになっていた。しかし、祖父の部屋に行く時だけは心細かったのか、私の丸い水槽を抱えて部屋に入った。私は体のサイズに合わせて少し大きい水槽に引越しをしていたが、雲雀の白い腕はそれを易々《やすやす》と抱えられるくらい長く伸びていた。脚もアメンボのように長く細く、膝は尖《とが》った骨が透けていた。

庭の桜がじわりと紅くなりはじめて、そろそろ蕾《つぼみ》を開こうとしている頃。いったい何人目なのか分からないが、老画家が可愛がっていたモデルがまたひとりやめたばかりだった。部屋に居たのは老画家と雲雀の母親だけで、取り巻きたちは姿を消していた。

「そこに立ちなさい」

老画家は窓際を指差してそう命じた。背後はガラスで、苔むした坪庭が見えた。私は屋敷の構造は大体把握したと思っていたが、坪庭の存在は予想外だった。老画家の部屋は屋敷の一番奥にひっそりとあるが、中に入れば存外に広く、坪庭の見える作業場やバスルーム、重厚な書棚に囲まれた応接スペースが整えられていた。壁には額装された絵画が等間隔に並んでおり、裸の美女が私たちを品定めするように視線を寄越してきた。重苦しい色彩の家具や大げさなアラビア模様の絨毯《じゅうたん》、天井からぶら下がっているガラス細工の照明など、すべてが古くて優雅だった。

雲雀がたどたどしい足取りで窓の前まで行くと、母親はおもむろに雲雀のワンピースの裾をつかんで、果物の皮をむくみたいにぺらりと捲《めく》って剝ぎ取った。短く切りそろえられた細い髪が一瞬ふわりと逆立ち、ぱらぱらと顔に乱れて落ちて、雲雀の表情を隠した。雲雀の着替えは幾度となく見てきたが、こうして他者の前に裸で立たされているのを見るのは初めてで、なんだか落ち着かない気持ちになった。

下着も脱ぎなさいと命じられて、雲雀は一瞬静止したが、すぐに意を決して言われるままに下着を脱いだ。これが小学校の教室や公園だったら、誰に命じられようと全力で抵抗しただろう。しかし、老画家の部屋はそういうことを言い出してはいけない空気が漂っていた。医者の前で服を脱ぐのを躊躇《ためら》うのが場違いなように、この部屋で恥を感じるのはおかしい気がした。平然と裸になって、自信たっぷりな表情をしている女性達の絵が見下ろしていたせいもあり、雲雀はあっさりと全裸になって窓の前に立った。

「そのまま動かないように」

雲雀は老画家に命じられるまま、両手をぶらんと下げて直立した姿勢で静止した。老画家がキャンバスの前に座って素早く手を動かし始めると、部屋中に見えない透明の線が張り巡らされたみたいになって、雲雀は硬直した。

「息はしていい」

老画家がやや柔らかい口調で言うと、雲雀は表情を緩めて、ゆっくり息を吸い込んだ。普段は呼吸なんて意識しないで繰り返しているけれど、こうしてじっと見つめられていると、普通のこともままならない。雲雀は肺に入りきらないくらいの空気を吸い込み、胸を苦しそうに喘《あえ》がせて吐き出した。口は開いて顔が弛緩《しかん》し、肩が上下して、腹が膨らんではへこみ、腕や足の位置まで動いてしまう。老画家は呆れた顔をしてため息を吐くと、「動くな」とぴしゃりと言った。雲雀は健気《けなげ》に口を引き結んだ。そして鼻で浅い呼吸を繰り返しながら、瞬《まばた》きさえも躊躇いがちにこっそりと済ませて、人形のように静止し続けた。

しばらくすると、取り巻きの婦人たちや画廊の男が数人部屋に入ってきて、おや、まあ、と口の動きだけで言った。取り巻きは老画家の作業を眺めるのにも慣れているらしく、応接スペースに優雅に腰掛け、にこやかに雲雀を眺めた。誰かがすばらしい、と口の動きだけで言った。その賛辞が雲雀の肉体に捧げられていたのか、老画家があっという間に描いた下書きに向けられていたのかは分からない。私が雲雀や客人たちを見ていた。まだ簡単な鉛筆書きなのに、ンを終えて、大きなキャンバスの中に裸の少女が出現していた。まだ簡単な鉛筆書きなのに、雲雀の脚の滑らかなラインが美しく、首筋から薄い胸にかけての微妙な重量感の変化も生々しかった。なるほど素晴らしい。きっと素敵な作品になるだろう。私は冷え冷えとした気持ちでキャンバスを見つめた。

そして不器用に浅い呼吸を繰り返す雲雀に視線を移し、何度も尾びれを振った。いますぐこの部屋を出て行こう。こんな呼吸も満足に出来ないところに長くいたら死んでしまう。雲雀がモデルをやらなくたって、代わりの女はいくらでもいるはずだ。しかし雲雀は私の方を見る余裕はなく、私の声は届かなかった。

十分程経過すると、りりり、と時計が鳴って老画家は休憩を言い渡した。雲雀がほっと息を吐いて、おそるおそる動き出そうとすると、取り巻きの一人が布張りの豪奢《ごうしゃ》な椅子をすっと差し出した。それは機械仕掛けの人形劇みたいな素早い動作で、何その椅子？　誰よあなた？　という問いが立つ暇もなかった。母親よりも年上の、大げさな光沢のシャツを着た婦人はどこか得意げに微笑んで、何も言わずに背もたれをぽんと叩いた。

雲雀は疲れてぼうっとした顔で椅子をちらりと見やると、ごく自然に細い脚を折り曲げて、椅子にすとんと腰掛けた。すると、もう一人の婦人がタオル地のガウンを雲雀の肩にかけた。大人用の大きさで、既に誰かが着て洗った後のような質感だった。かつてここを訪れた美しい女たちが使用していたものなのだろう。少女には不似合いなはずの大人っぽいデザインだったが、ガウンを肩にかけた雲雀の姿は妙に様になっていた。取り巻きたちの視線は一斉に彼女に向かい、薄《うっ》すらと羨望の眼差しさえ浮かべる者もいた。いつも廊下を素通りして、和室の私たちには見向きもしていなかったのに、たった数分老画家が描いただけでこのとおり。雲雀は特別な女の子になった。

老画家が「またそこに立ってくれ」と言うと、雲雀はごくんと息を呑んで頷いた。そして優雅な仕草でガウンを肩からはらりと落とすと、無造作に椅子の背に垂らし、先ほどの位置と全く同じ地点に立った。初めてだというのに、彼女はきちんと自分の仕事を把握していた。取り巻きの一人が「雲雀ちゃんきれいになったわねえ」と、まるで古くからの知り合いのように言った。私は再び「誰よあなた？」と思ったけれど、雲雀にはそもそも聞こえていないようだった。雲雀は自分に与えられた役割を一生懸命まっとうしようとしていた。

手足は長く伸びてもまだまだ子供で、この部屋は憧れの美しい絵画が生まれる場所である。その主役に抜擢《ばってき》されて、嫌な気になりはしない。数年前に罵倒したきりろくに話しかけてこなかった老画家が、それなりに気を使った調子で話しかけてくるのも気分が良かったのだろう。

それから雲雀は毎日老画家の部屋に呼ばれた。学校から帰って夕食を食べるまでの一時間、休日は昼間の数時間、彼女は老画家の前で静止し続けた。老画家はろくに話をすることもなく淡々と描き続けただけだったが、流れている時間は静かに熱を帯びていた。老画家が絵を描く空間はぴいんと緊張していたが、彼が癇癪を起こしている時のような嫌な雰囲気とは全く違った。ものを一生懸命作りだしている現場というのは、それがどんなものであれ、前向きで明るいムードに満ちている。

雲雀や取り巻きたちは、その空間を共有するだけでなんとなく老画家の懐に受け入れられた気になっていた。自分も一緒に素晴らしい仕事を成し遂げたような錯覚を抱いていた。しかし老画家は誰とも連帯など感じておらず、自分の見たいものを見て、描きたいように描いていただけだった。

絵を描く人の目はどこか非人間的で、冷たいガラス玉のようだ。画家は形を正確に捉えようとする時、モチーフの感情は一旦無視する。モデルは確かに生きているのに物のように止まっていて、頭の中で色々なことを考えていても一言も声を発することが許されない。

「あ、そのまま止まってくれ」

白い男が煙草に火をつけようとすると、草角は彼を制して、慌てて画帳を広げた。白い男の右手は煙草を持って宙に浮いたまま静止している。

先日の不法侵入以来、白い男はこの家が気に入ったのかちょくちょく顔を出し、特に実のない話をして帰る。今日も予告なく日没後にふらりと現れ、テーブルに菓子と焼き鳥を並べて飲み始めたところだった。

「俺を描くの？」

「そう。あ、手が動いた」

白い男は草角の制止を無視して、煙草に火をつけて吸い始めた。ついでに椅子の背もたれに寄りかかったので、背骨の角度も尻の位置も、草角が描こうと思った地点から大幅にずれてしまった。

「あーあ……」

草角がため息を吐くと、白い男は雲のように大きな煙の塊を吐き出しながら「この姿勢だとダメなわけ？」と言った。

「だめ。なんか違う」

「どうせしましまになるなら、どんな格好でも分からなくない？」

白い男は、部屋中に立てかけられたしましまの絵を見てそう言った。

「そんな言い方するか？」

草角は苦笑した。一見形の見えないふんわりとした絵の中にも、草角が見た物や感じたことが沢山描かれていて、似たようなしましまも全て全然違う絵らしい。画家仲間の客などは「これは鬱だなあ。こっちは明るいね」などと言う。どちらも同じような淡いしましまなのに、一体どんな幻を見ているのか謎である。

「なんでしましまが好きなの？」

「別にしましまを描いているわけじゃない。動物だったり、風景だったり、ばらばらだ」

「描いてるうちに、勝手にしましまになるわけ」

白い男がしつこく聞くと、草角はやや不機嫌そうに「そう」と言った。草角は、絵画の表層的な見た目にこだわった批評を嫌う。白い男は素人なので丁寧に説明してやっているが、普段は「なぜしましまなのか」という下らない問いには答えない。

「収斂《しゅうれん》進化だ」

白い男が草角の絵を眺めながら呟いた。

「なんだそれ」

「起源が違うものでも、同じ目的に向かっている時、自然と似た形質に収束するんだ。水草も多肉植物も、系統が違うのに同じような形のものがいっぱいある」

「ふうん。サボテンの目的って？」

「環境に適応すること。つまり、草角君の頭の中に、すべてをしましまに進化させる環境があるんだね」

白い男はそう言いながら酎ハイの缶を開けた。芸術音痴のわりに、なかなか的を射たことを言う。草角も楽しそうににやりと笑った。

「そう。自然とこうなるんだ」

草角の絵がしましまになるのは自然なことなので、説明する必要はない。見る人が見れば、それが必然の結果だとわかる。わからない人はずっとわからないけれど、私たちが同じ世界を生きている虫や鳥や雲のすべてを理解していないのと同じように、わからなくてもそのままでいい。私たちはちっともわからないまま、それが美しいとか醜いとか、好きだとか嫌いだとか言うことができる。

「なるほど」

白い男は自分の言説になんとなく満足して、テーブルに肘をついて焼き鳥を食べ始めた。草角は彼を描くのをすっかり諦めて、画帳を足元に置いた。テーブルの下には読みかけの美術書やスケッチブックが積み上がって、細く高い山のようになっている。地層の下にいくにつれて茶色く霞《かす》み、板張りの床と同化しているが、これでも正しく整頓されている状態らしい。

「好きなの?」

白い男はテーブルの下を見つめながら短く聞いた。この男は大体いつも言葉が少ない。

「何が」

「この人の本がいっぱいある」

白い男が指差していたのは、地層の比較的新しいところにある画集で、数年前に老画家の回顧展に合わせて作られたものだ。地層の古い場所にも別の本があるし、書棚にもいくつか老画家の画集が差してある。白い男はこの部屋に来ても窓際のテーブルで酒を飲んで帰るだけだが、意外とものを見ているらしい。

「それ、この前話した俺の師匠の作品集」

「ああ犯罪者の」

「そういう覚え方されちゃうの、どうなんだろう……」

草角はぶつぶつ言いながら、画集を一つ抜き取ってぱらぱらとページを捲った。白い男は焼き鳥を食べかけたまま目線だけ画集にちらと寄せて「草角くんの絵と全然違うね」と言った。

「師弟が同じ作風である必要はない」

「そうなんだ。あ、なんかこの絵見たことある気がする。デパートで……化粧品の……何か」

白い男は老画家の絵に少しばかり興味を持ったらしく、自分の方に引き寄せて、一つのページをじっと眺めた。ここからだと赤紫色の背景しか見えないが、恐らく雲雀が描かれた絵だろう。夏に取り巻きからもらったインド更紗《さらさ》を背景に使った絵は大層評判が良く、有名な店の広告にも使われたと聞いた。

「美人だね」

「この人の孫だよ」

「へえ……」

白い男は次々にページを捲り、様々な姿勢の裸の美女を見ながら「この人、孫好きだねえ」と言った。

「他の絵は孫じゃないぞ」

「そうなの？　全部同じ顔に見える」

白い男はそう言って、元のページに戻って雲雀の顔を確認しつつ、また別のページを見て首を傾げた。彼の言う通り、老画家の絵は誰を描いてもすべて同じ顔に仕上がっていた。

「肖像画って、作者が同じだと顔が似てくるんだよ。他人を描いているのに不思議と作者と似たり、何となく作者の好きな顔に寄せられたりする。学校でみんなが一斉に同じモデルを描くと、誰が描いたかすぐ分かって面白い」

草角が説明すると、白い男はよくわからないという顔をしながら「ふうん」と相槌《あいづち》を打った。確かに絵画は描く人の無意識や生理が反映されやすく、純粋な写生だとしても、現実を実直に写し取ったものにはならない。それ故に、老画家の描く絵がモデルに似ていなくても、誰も大して気にしていなかった。

「しましまと同じ原理？」

白い男がそう言うと、草角は「まあ、そうかな」と頷いた。


しかし老画家の絵は全然しましまと同じ原理ではなかった。絵というのはずるい仕事で、現実を素直に描いているというふりをして、自然に非現実をあてはめることができる。

取り巻きたちは老画家の部屋にしか入れなかったので知らないが、屋敷の居間には夥《おびただ》しい数の写真が飾られていた。岩壁にへばりつく二枚貝の群れのように隙間なくびっしりと並んで、近づくと無数の顔がこちらを見てくるので怖かった。写し出されているのはすべて同じ、鹿のような黒くて丸い目の女だった。その女は、老画家が描く絵と全く同じ顔をしていた。絵と違うのは、きちんと衣服を着ているところ。雲雀曰く、老画家の死んだ妻らしい。

「こんなに綺麗なのに、おばあちゃんは絵のモデルにならなかったんだよ」

老画家のモデルを始めてしばらくした頃、雲雀は祖母の写真を見てぽつりと呟いた。

「恥ずかしかったらしいよ。絵にされたら、大勢の人の目に触れるからね」

そうは言っても、老画家は結局彼女の絵を描いていた。実際の彼女がどんな肉体を持っていたのか、着衣の写真からは知りようもないが、絵の中の彼女は白い肌を世界中に晒《さら》している。それは重大な裏切りではないの？　と、私は尾びれを揺らしたが、雲雀は首を傾げるだけだった。

「女優さんみたいだよね。ていうか、おじいちゃんが選ぶモデルって、おばあちゃんに似てない？」

雲雀は、老画家の絵と祖母の相似には気づいていたが、因果関係の認識は逆転していた。老画家は似ているモデルを選んでいたのではなく、無関係のモデルたちを、無理やり自分の妻に近付けて描いていたのだ。みな白い肌や少年めいた細い首、大きな美しい目を持っていたけれど、描かれていたのは彼女たち自身ではない。老画家は目の前の現実をちっともまともに見ないで、死んだ女の顔ばかり思い出していた。

「私も、もう少しおばあちゃんに似ればよかったのに」

雲雀は微《かす》かな声で言った。雲雀はこの写真の女の直系だが、そっくり同じ顔というわけではない。老画家の血が混ざったことにより、形質が濁ったのだ。老画家の顔はエラが張り出し、目は細く尖って、口は大きく唇は薄く、どこか爬虫類《はちゅうるい》めいたところがあった。

「おじいちゃんもそう思ってるんじゃないの」

雲雀のひやりとした声がフローリングに落ちた。雲雀は、自分がモデルをしている最中に、老画家が時々絵筆を止めてため息を吐くのを気にしていた。他の絵を描いている姿は見たことがないので、雲雀のせいで不調なのか、いつもそういう調子なのかは分からなかった。

老画家は口に出して雲雀の容姿にけちをつけたことはなかったが、幾ばくかの不満を持っていたのは確かだった。雲雀は老画家とろくに言葉を交わさないまま大きくなったが、私は彼と何度も話をした。私が三鷹の屋敷に来てしばらく経ってから、夜遅くに老画家が私の前にやってきて、話しかけてくるようになったのだ。その時に、稀《まれ》に雲雀の話をすることもあり、一度だけさらりと「あの子の顔は僕に似ちゃった」と苦々しく言っていたのを私は聞き逃さなかった。

老画家は水槽を覗き込んで私のことを「さくら」と呼んだ。雲雀は私に名前を付けず、いつも「ねえ」と曖昧に呼びかけていたので、そんな名前がいつ付けられたのか知らない。私と雲雀はいつも二人きりだったから、名前など必要なかったのに、彼には名前が必要だったらしい。彼は熱心に「さくら」「さくら」と連呼しながら、勝手にお喋りをしていた。

老画家の話は日に日に昔話が多くなっていって、そのうち「さくら」というのが彼の死んだ妻の名だということも判明した。「さくら」も彼も、お互い足のついた人間だというのに、二人はどこに行くにも一緒で、彼が異国の街や海辺を語るたびに同じ女の面影が横切った。彼が「さくら」と呼びかけるたびに、私はいちいち尾びれを振って否定していたが、彼は私の言葉を理解しなかった。彼は私が反応を示すと気を良くして、ますます張り切って話すようになった。その様子は一見元気そうだったけれど、本来寝るはずの夜中に目をらんらんと輝かせて昔話をする姿は、異常の証であるように思えた。彼の灰色の目はぎょろぎょろと忙《せわ》しなく揺れ、泳ぐ私を追いかけ回した。

老画家は最初から私を「さくら」と呼ぶために桜色に作らせたのだろう。次第に、彼は私を「さくら」そのものだと思って話すようになっていった。「まだ怒ってる？」などと甘えたような声で言って、遠い昔に起こった喧嘩《けんか》の謝罪などをしていた。彼は私の透明鱗《とうめいりん》を眺めて、夜ごと幻のような恋の世界を旅していた。

モデルの女たちが皆一年でやめていったのと同じように、雲雀が老画家のモデルを務めたのも十歳から十一歳までの一年間だけだった。小学六年生になって初潮が来ると、体にも顔にも急にふくふくと肉がついて印象が大きく変わってしまったのだ。

ある日突然老画家は雲雀をじっと見つめて筆を置き、一言だけ「もう来なくていい」と静かに言った。来るも来ないも、ここは雲雀の家である。雲雀は一瞬何を言われたのか理解できず、老画家のキャンバスの裏地をぼんやりと見た。雲雀は決められた位置から動けず、自分が描かれた画面を見ることとすら出来ない。主導権は常に画家が握っており、モデルはゆらゆらイメージの間を流されるだけだ。

「ほれ、出て行け」と、老画家は野良猫を追い出すみたいに軽い調子で言った。屋敷から追い出しかねない言い方だったので、取り巻きがご丁寧に「モデルは終わりってこと」とひそひそ言った。私は「誰よこいつ」と思ったけれど、雲雀は名も知らない大人達にぺこりと小さく会釈をして、何も言わずに素っ裸のまま私を抱えて部屋を出た。

庭をぐるりと囲む廊下を大股で歩き、たった十数歩で中庭を望む和室に到着する。雲雀は私を床の間の定位置に安置して、どすんと腰を下ろして長い脚を畳に投げ出した。私が「お疲れ様」と胸びれを振ると、彼女は「太ったもんね」と小さく呟いた。芸能人の容姿を評するみたいに、他人事のように。太ったのではなく、大人になろうとしているだけで、彼女は十分ほっそりしていた。ただ、顔つきの微妙な変化が老画家の想定から外れたのだろう。急激に成長して少し顔の骨格がくっきり見えてくると、思った以上に老画家の方に似てきたのだ。彼は愛する妻に自分の血が混ざったことを嫌悪していた。

あんな失礼な奴のことはすっかり忘れなさいよ、と私は尾びれを振ったが、雲雀はごろんと寝転がって押し黙った。もともと祖父に怯えて静かに暮らす癖がついていたが、モデルをしたらますます口数が少なくなってしまった。

そうしてしばらく私と雲雀がガラス越しに見つめ合っていると、庭をてくてくと歩く足音が聞こえてきた。大人の足音とは違う軽い音は、たどたどしく庭石を飛んで、ゆっくりとこちらに近づいてきた。庭に目を向けると、小学校低学年くらいの小さな少年が、大きな画板を引きずりそうになりながら脇に抱えて庭を横切っていた。雲雀も音に気付いてのそりと身を起こすと、少年はこちらに目を留めて「わ！」と甲高い声を出した。

少年は色白で手足が細長く、目が大きくて、いかにも老画家が好きそうな容姿だった。雲雀は彼をじろりと一瞥《いちべつ》して「あの子が次のモデル？」と苦笑した。幼すぎるから違うだろう、と私が尾びれを振ると、雲雀は「冗談」と言ってまたごろんと寝転んだ。雲雀は何もかもどうでもいいという態度で、庭に背を向けて目を閉じた。しかしこの屋敷に子供の来客は珍しく、私は彼が何者なのか気になった。

私がじっと見ていると、少年は大きな目を輝かせてずんずんこちらに近づいてきて、廊下と庭の境界線に立ち、無邪気に「なんではだかなの？」と言った。いやによく通る、きんきんと甲高い声だった。雲雀が幼い頃の鈴のような声とも違う、男児独特の大きな声だった。

この屋敷でいつも聞くのは嗄れた老画家の声と、押し殺したひそひそ声ばかりだったので、久しぶりに元気な音を聞いてくらくらした。雲雀は無視を続けたが、少年は何度も「ねえ、起きてよ」と繰り返した。彼が延々と「ねえ、ねえ」と呼びかけると、ついに雲雀が顔だけ庭に向けて、「あっちいけ!!」と叫んだ。それが、雲雀と草角の出会いである。

幼い頃の草角は今と違って小さくて綺麗だったし、あの陰気な屋敷の中では星のような存在だったと言えよう。婦人たちの人工的に彩色された皮膚や爪、髪の毛の間に無垢な白い少年が混ざると、否応なしに目を引いた。老画家が夜に私の元に訪れた時に、「面白い子が現れた」と楽しそうに話すことさえあった。彼が生きている人間を褒める言葉を聞いたのは、後にも先にもあれだけだった。

客人は日毎メンバーが入れ替わったが、草角だけは毎日のように老画家のもとに通っていた。彼が中庭を通って老人の部屋に向かう様子は、私の和室からよく見えた。小脇に抱えた画板は見るたびに汚れていき、持ち込む画材は増えて、やがて車輪付きの荷台に画材箱を載せてガラガラと引きずってくるようになった。味も素っ気もない安物の車輪は、石庭の上で何度も跳ねて、荷台の箱が転げ落ちそうになっていたが、少年は泰然とした態度で無造作に引きずっていた。

草角は帰り際には必ず私の和室を覗き込み、雲雀がいると嬉しそうな顔をして「今日は服着てるんだ」とか、「なんで皆と一緒にいないの」とか、なにかと無神経なことを言ってきた。雲雀は基本的に冷たくあしらっていたが、草角があまりにも邪気のない目を向けて懐いてくるので、観念して徐々に相手をしてやるようになっていった。

「絵は描かないの？」

草角がある時そんなことを聞くと、雲雀はう－んと唸って「興味ない」とぼそぼそ言った。雲雀は老画家の顔は継いでも才能は全く継いでおらず、美術よりも算数や理科の方がずっと得意で、いつもちまちまとノートに数式を書き連ねていた。

「特別上手くもないし、おじいちゃん怖いし」

雲雀がそう言うと、草角はいつものように無邪気に「先生全然怖くないよ」と言った。草角と老画家がどんなやりとりをしているのか見たことはないが、彼の言葉の端々から老画家への信頼が滲《にじ》みでていて、私たちは苦々しい顔にならざるを得なかった。調子良く描いている時の老画家は穏やかな声で雲雀に語りかけていたので、あの調子のまま草角とは会話をしていたのだろう。雲雀はふんと笑って「キレられたことないんだね」と言った。老画家にとって草角は小さな画家仲間で、美貌が翳《かげ》ったら付き合いが終わるモデルとは扱いが違ったのだろう。

「あんたは絵が上手なんでしょ。ちょっと見せなさいよ」

雲雀がそう言うと、少年は喜んで画板の綴《と》じ紐をはらりと解き、得意げに絵を見せてくれた。どんな素晴らしいものが出てくるのかと思ったが、描かれた花も動物も、もやもやしたおかしな形だった。所詮小学生の子供なので、技術的には未熟で、私は「なにこれ、へんなの」と体を揺らした。しかし雲雀は草角の変な絵を見て、私には分からない何かを感じ取ったらしく、「ふん」と鼻を鳴らしてまじまじと見つめた。数枚しかない絵を何度も何度も捲って、目を見開いて色彩の合間を往復していた。

今思うと、草角の作風はあの頃既に芽生えていて、もやもやした変な形で描かれた花や動物がそのまま、しましまに変化したと言える。写実的で精緻なデッサンを練習していた時期もあったが、並行してもややもややしましましまも描き続けていた。

「先生これは？」

こんな夜遅くに連れ込んでいいんだろうかと思うような、年若い女の子が絵の山脈から一枚引っ張りだして聞いた。草角は窓際のテーブルで同い年くらいの男と酒を酌み交わしながら、目を細めて女の子の方を見た。今日の客は四人もいて、草角がかつて勤務していた美術予備校の元生徒だと思われる。今は退職しているが、大学を卒業してしばらくの間は三鷹の美術予備校で講師をやっていたらしい。このアトリエはあの街から遠く離れているのに、元生徒だの元講師仲間だののがたびたび訪ねてくる。

「よくそんなの見つけたな……」

草角がそう言うと、女の子ははにかみながらキャンバスをじっと見た。その裏地は日に焼けて随分黄ばんでいる。

「だいぶ昔の作品だよね」

「うん。中学生の時の絵」

草角がそう言うと、女の子はへえーと嬉しそうな声を上げて、「もう先生の絵になってるね」と言った。この部屋に来る人間は大抵草角の作品に肯定的で、しましまのことを如何《いか》にもよく分かっているような発言をする。

「なんか可愛い色だね」

別の客人が感想を呟くと、草角は「そう？　女の子を描いたからかなー」と言った。すると、すかさず別の客人が「恋人？」と聞いた。草角が黙っていると、客人たちは勝手に恋人の絵だと決めつけて羨んだ。曰く、中学生のくせに生意気だとか、草角は地味にもてるとか、自分の学生時代は暗黒だったとか、様々などうでもいいことを楽しそうに話していた。よくこんな取り留めの無いしましまからそこまで話を膨らませられるものだと思うが、彼の作品はすっかりこの宴の肴《さかな》になって、客人はみんな遠い過去の他人の恋に思いを馳せた。余程暇な夜なのだろう。

草角がその絵を描いたのは、彼が中学二年生になった頃。彼もまた思春期になると変態し、横にも縦にも広がっていた。幼い頃から目を酷使したせいで視力が落ち、黒縁眼鏡をかけたら大きな目も隠れてしまって、むさ苦しい熊のような男になった。

一方、老画家は急速に老いて干涸《ひから》びた流木のようになり、壊れたおもちゃみたいな足取りで屋敷の中を散歩した。あれだけ多くの絵を描き、多くの人を屋敷に呼び込んで、何が美しいとか醜いとか勝手な言葉を散々撒き散らしていたくせに、最後の時間は静かだった。私に話しかけてくることもなく、夜更けに眠りにつき、夜明けと共に起き、庭を散歩して時々茶を飲んだ。絵を描かない彼は、単調な日課がプログラムされた機械人形のようだった。

雲雀は老人が庭をうろつくようになってから中庭を望む和室に行けなくなったので、私の定位置を自室に移動して、雲雀自身も部屋にこもって勉強ばかりするようになった。もともと陰鬱な屋敷だったが、あの頃は一段と暗く、濁った水に放り込まれたみたいだった。その感覚は雲雀も共有していて、彼女は一刻も早く家から逃げ出すために、故郷から遠く離れた大学を受験しようとしていた。

画塾はとうにお開きになり、取り巻きは一人残らず消えていた。草角も屋敷では絵を描いておらず、週に一度、雲雀と老人に顔を見せに来るだけだった。彼は中学の美術部の活動に精を出しており、トンネルの壁画を描くだの、文化祭の広報を請け負うだの、同年代の仲間たちと楽しくやっている様子を事細かに報告してきた。彼の話には次々に新しい登場人物が出てくるので覚えるのが億劫《おっくう》になり、私たちは適当に相槌を打ちながらほとんど聞き流していた。

「今度のコンクールのさー、モデルになってくんない？」

草角がそんな話をおもむろに切り出した時も、雲雀は彼に背を向けて勉強机に向かいながら適当に「うん」と言った。すると、草角が喜んで画板の紐をするりと解いたので、雲雀は慌てて振り返った。彼の画板は限界まで汚れて真っ黒だったが、中にはまっさらな白い画用紙が幾枚も入っていた。

「何て？」

雲雀がそう聞くと、草角は何の疑問も抱いていない顔で「モデルになって」と言った。

「……なんで？」

「なんでって……描きたいから」

草角がそう言うと、雲雀は脚を組んで唇にシャープペンシルの頭を押し当て、「ふん」と肯定とも否定ともつかぬ返事をした。長い脚は滑らかな曲線を描いたまま形質が固着され、よれよれした部屋着越しでもなまめかしい形をしているのが分かった。彼女は首をゆっくりと傾げ、切れ長の目を眇《すが》めた。彼女の目は祖母のように大きくならなかったが、濃いまつ毛に縁取られて深い陰影があり、視線は相手を硬直させる力があった。雲雀は長じるにつれて、何も言わずに相手を緊張させる術《すべ》を身に付けていった。じっと見つめて、ぴしりと空間に透明な糸を張り巡らせ、相手の一挙手一投足をも支配しようとする。彼女の祖父によく似たやり方だった。

思いの外強い圧力をかけられた草角は、慌てて「勉強の邪魔はしない」と言った。

「一回ポーズ取ってもらったら、すぐ終わるから。下書きのときだけ。三十分くらいで終わる」

彼にしてはかなり気弱な条件を提示すると、雲雀は頰杖をついて草角を見下ろした。

「なんで私なの。部活の子に頼んだほうが、楽なんじゃない」

雲雀がそう言うと、草角はため息を吐きながら首を横に振った。

「そりゃ部員はいっぱいいるけどさ……。雲雀が一番綺麗だし、雰囲気あるし、スタイルいいし、一番絵になるからしょうがないだろ」

「そうかな」

雲雀が気のない返事を寄越すと、草角はまた大きなため息を吐いた。

「分かってるだろ」

「綺麗とか、言われたことない」

「ああそう。知らないけど。とにかく俺は描きたいの」

草角はすっかり居直った態度になった。

「今、そのままここにいてくれればいいから」

草角がそう言うと、雲雀はついに根負けして「わかった」と頷いた。彼女はいつも最後には草角の相手をしてやることになる。本当は最初からまんざらでもないのだが、長年の習慣で素直に頷けないのだ。

草角が「本当に？」と喜ぶと、雲雀はするりと部屋着のTシャツを脱いだ。数年前に、祖父の部屋で毎日そうしていたように、果物の皮を剝くようにハーフパンツも下着もあっという間に脱ぎ捨てて、ベッドに放った。雲雀にとって、それは絵に描かれる前の当たり前の準備だった。

しかし、彼女が素っ裸になって再び椅子に座ると、草角は眼鏡の奥の目をまん丸にしてあからさまに動揺していた。

「おう、そうか……。さすが先生の孫」

草角はぶつぶつ独り言を言った。彼はヌードを描くつもりはなかったらしい。しかし部屋着はあまりにもよれよれだったし、わざわざ綺麗な服を着るのも面倒くさいし、裸の方が絵になるに決まっている。

「なんかおかしい？」

雲雀が首を傾げると、草角はぶんぶん首を振った。

「いや、大丈夫」

「服着たほうがいいの？」

「そのままでお願いします」

そうして草角はスクールバッグから鉛筆の束を取り出して、がさつにカーペットの上にぶちまけると、急いで雲雀の姿を描きとった。雲雀は脚を組んで顎を引き、じっと草角の顔を見つめて静止した。彼女がモデルをしている姿を見るのは五年ぶりだったが、昔よりも力の抜き方がうまくなって、自然な呼吸で座っていた。

草角が作品を仕上げたのは一ヶ月後。雲雀の部屋でお披露目した絵は薄紅色のしましまで、どこがどう雲雀なのかさっぱり分からなかったが、雲雀は真剣な表情で絵を見つめていた。りんごだと言われたらりんごに見えるし、花だと言われたら花に見えるような絵だったけれど、雲雀は真実の鏡を覗き込んでいるみたいだった。

「こんな感じなの、私」

「そうだよ」

「ふうん……」

雲雀は良いとも悪いとも言わなかったが、絵には満足しているようだった。草角がまた描かせてくれるかと聞くと、彼女は黙って頷いた。

しかし、草角はそれ以来雲雀を描くことは一度もなかった。草角は頻繁に私たちの部屋に訪れるようになって、やがて彼女と親密な関係になったが、彼は私や庭の植物ばかり描いていた。草角はもともと人物画よりも、そういったちまちましたものを描くのを好んでいた。

雲雀を描いた絵は彼にとってかなりの力作で、コンクールで賞も獲り、多くの人に見てもらったので、「人物はしばらくいいや」という気分だったらしい。なんだそれ、と思うけれど、気分の問題ならどうしようもない。そうやって勝手に気が済んで熱が冷めるところは老画家と実によく似ていた。

老画家はもう少し長くモデルと付き合っていたが、最後にはいつも飽きて捨てた。モデルを描いた絵は大事な作品として残るのに、モデル自身との関係は残らない。気まぐれにおもちゃを取り替える幼児みたいに、すぐ新しいモデルをつかまえてきて、古いものは忘れ去った。あんな扱いならひどい乱暴を働くこともあっただろうと思う。そうでなくても、十分恨まれるような所業を繰り返していた。

草角は雲雀を描かなくなったからといって、捨ててはいないし、浮気相手は私や植物で、可愛いものだと言えるけれど、雲雀は何やらもやもやと心に溜め込んでいるようだった。しかし草角はそんなことはお構いなしで、彼の視線は色とりどりの世界を元気に飛び回り、ある瞬間に雲雀の肌を愛でていても、その次の瞬間には夕暮れの色や花の姿を追いかけた。


客人たちが床やベッド、クッションの山など好きな場所で熟睡し始めると、草角はまた私を見つめてキャンバスに色をぺたぺた塗った。

「俺って雲雀にふられたんだよな?」

草角は私を見つめてじっと問いかけた。私は胸びれを振って「形式としてはそう」と答えた。

確かに別れを告げたのは雲雀の方だが、あっさり受け入れたのは草角だ。別れの理由は、雲雀が大学進学に合わせて遠くに引っ越すからということだけ。なんとも呆気《あっけ》ない話だが、草角は「遠いもんなー」と納得してさらりと別れた。彼はまだ中学生で、自分の行動範囲の中で出会えるものを気まぐれに愛でることしかできなかった。何かを追いかけて遠くに行ったり、じっと待ったり、無理をして合わせるなんてことは、今の彼にも似合わない。

「もしかして、怒ってた?」

私は尾びれを振った。草角の聞き方は、夜に私に話しかける老画家とそっくりだった。誰が何を怒ってるって? と体を揺らすと、草角は「雲雀」と呟いた。

「俺が追いかけなかったから」

私はゆらゆら曖昧に揺れた。

別に、雲雀はあんな子供に未練たらたら生きていたわけではない。大学に入学したらそれなりに真面目に勉強に打ち込み、それなりに男性と付き合った。老画家の絵のことを知っている人もしばしば現れ、興味本意に近づいてきたが、そういう類は変な幻想を押し付けてくるので相手にするのはやめた。画家や写真家がモデルになってくれと言ってきたりもしたけれど、片っ端から断った。そして最終的に、芸術には一切興味がなく、祖父が画家だったと伝えても「ふうん」と言うだけで名前を調べもしない男と結婚した。それは気楽で悪くない選択だと思った。私はいつも、彼女が思うとおりに生きられるように応援していた。

「はあ。よく分からん」

草角はそうぼやいた。私だって雲雀の考えていることは分からない。彼女と離ればなれになるのは納得していたけれど、何年も連絡を取っていなかった草角に預けられるとは思っていなかった。私はなんで？　と思ったが、雲雀は淡水だの海水だの、草角とくだらない問答だけして旅立った。一方、草角は特に何も考えず、呑気《のんき》に祝福を贈っていた。草角は私の飼い主が温室勤務の研究者でも、電気屋のおじさんでも、頼まれれば受け入れただろう。草角は平然と私と暮らし始めて、老画家の騒動が起きるまで昔のことなど思い出しもせず、今目の前にいる友人たちや描きかけの絵などに心を奪われていた。

私と雲雀はガラスで隔てられていたから、お互いに傷つけないで一緒に暮らすことが出来た。しかし人間たちは違う。隔離された水で生きている私より、余程難儀な世界にいるのに、彼らは無頓着で無防備すぎる。

「雲雀」

草角は最近、夜が更けると私をそう呼ぶ。私と雲雀の会話に名前は必要なかったのに、彼も老画家もやたらと名前を呼びかける。視線はここにない何かを探すように私の鱗にまとわりつき、心なしか水が重い。あなたは何を見てる？　何を考えている？　私が無言で見つめ返すと、ふっと電池が切れたように草角の瞼《まぶた》が落ちた。

「寝る……」

草角はそう宣言して、客人たちが芋虫のように転がっている隙間に倒れ込んだ。

こんなふうに過ごす夜も、きっと草角が私の絵を描いている間だけ。絵が完成したら気が済んで、全然違うことを考え始めるだろう。次に起きた時に彼の目にどんな光が飛び込んでくるか分からない。彼は新しい一日の出会いに期待して、瞼を閉じて今日という日を遮断する。私はぐうぐう鼾《いびき》をかく彼を見下ろしながら、このまま夜に閉じ込めてしまいたいと思った。

森のかげから

朝起きると、あなたは炊きたての白いご飯を茶碗によそって、生卵をかけて食べる。乳白の殻をテーブルの角で叩いて、割れ目に丸い爪を立てて、小さな青磁の器に中身をつるりと入れる。殻は別の小皿の上に置いて「白いぐちゃぐちゃ」を慎重に箸で拾い上げて殻の上にそっと乗せる。白身と黄身が完全に溶け合うまでかき回し、醤油《しょうゆ》を垂らしてまた混ぜると、卵は浅黄色からオレンジに変わってあなたの食べ頃。白木を丁寧に彫り出した薄い椀の半分くらいまで純白のご飯を盛って、卵をとろとろかけたら遂に完成。

私の卵かけご飯は、ご飯の上に直接卵を割って、醤油を垂らして一気にかきこむスタイルだ。その方が使う皿が少なくて済むし、ぷるぷるの白身の食感がいい感じだからだ。しかし私がそんなふうにして卵かけご飯を食べていると、いつもあなたは呆れた顔で「殻を直置《じか》きするなんて」と言って、殻をさっと片付けてテーブルの上を拭いた。

汚れはなるべく早く落とさないといけない、というのがあなたの定番の主張だった。私は洗濯機を回すのは三日に一度くらいでいいと思っていたけれど、あなたは汚れを放置していると布が傷みやすくなると言って、毎日洗濯機を回したがった。二人ぶんの下着とシャツとカットソー、いくつかのタオルのためだけに毎晩水と洗剤を使うなんて勿体《もったい》ないと思っていた私をよそに、あなたはいつも静かに粛々《しゅくしゅく》とスイッチを押した。

あなたと私が一緒に暮らしていたのは、大学一年生の春から卒業までの四年間。私たちの住まいは玉川上水のほとりに建つ古い一軒家で、一年中鬱蒼《うっそう》とした樹々に囲まれていた。私とあなたはもともと友達でも知り合いでもなくて、学生生活課で紹介してもらったルームメイトだ。私たちの学校は、家で何かを描いたり彫ったり組み立てたりする子が多かったので、知らない者同士で広い物件をシェアすることは、そう珍しいことではなかった。私は彫刻科で立体作品を作っていて、あなたはデザイン科でイラストを描いたり雑貨を作ったりしていた。

初めて会った時のあなたは白いシンプルなカットソーにインディゴのストレートジーンズ、コンバースのスニーカーを履いていて、カラーもパーマもしていない黒髪は清潔に切り揃えられ、実に可もなく不可もなくという感じだった。奥二重の切れ長の目が綺麗だけれど、全体の印象は地味で大人しかった。細い右肩に提げたトートバッグだけがどぎつい派手な色彩で、ミントグリーンの地に、丸っこい体つきの、ペンギンのようなクマのようなピンク色のイラストが大きくプリントされていた。否応なしにその派手なクマペンギンに視線を吸い寄せられ、じっと見つめていると、あなたは遠慮がちに「自分で描いた」と告白した。私が「クマなの？ペンギンなの？」と聞くと、あなたは「どっちも」と言って、ふんわりと微笑み、それきり口をつぐんでしまった。私は「ちょっとふしぎなタイプの子だな」と思ったけれど、口の端からのぞいた八重歯が可愛かったので、まあいいかと思って同居を決めた。

私たちの家は二階建てで、一階は十二畳ほどのリビングとキッチンと、浴室とトイレ、二階に六畳の洋室が二つある。私たちは洋室を一つずつ個室にして、一階を共有スペースにしていた。あなたの制作は大体六畳の個室で事足りたので、庭は完全に私のテリトリー。私が鉄くずだの岩だのを庭に積み上げていると、あなたは時々縁側に座って、私と鉄くずと岩をスケッチした。

キッチンにはゴミ捨て場で拾ってきた小さなダイニングテーブルを置いて、リビングには輸入家具屋で叩き売りしていた毛足の長いふわふわしたラグを敷いた。二メートル四方のふわふわラグは私たちのお気に入りで、ごろごろ寝転がって本を読んだりお喋《しゃべ》りをしたりしているうちに、そのまま寝てしまうことも多かった。私たちはルームシェアをする時の条件として、鍵《かぎ》のかかる個室があることを第一に挙げて、自分の空間を確保したがっていたけれど、結局リビングで一緒に過ごす時間の方が長かった。

古い割に隙間風もなくて、なかなか快適な家だったけれど、私たちが支払っていた家賃は一人たったの二万五千円。二十三区外とはいえ一応東京都内でこんな価格で家を借りることはできない。ためしに「訳ありですか」と不動産屋に聞いてみたら、意外にあっさりと「人死んでます」と白状した。不動産屋曰《いわ》く、美大あがりの売れない芸術家の男が、別れ話でもめた末に女に殴り殺されたらしい。思いの外、自分と近そうな人の話に思わず息を呑んだが、不動産屋は「でもそれは国分寺のマンションだったかな、あれ？」などと言って頼りない様子だったので、間違った情報である可能性が高い。

近所のおじいさんは、女子大生がストーカーに襲われたのだと教えてくれた。また、裏手のアパートに住む先輩は、別れを切り出された男が妻を刺したのだとひそひそ語った。そんなに昔の話でもないのに、みんな色々な事件とごちゃ混ぜになっていて、情報は錯綜《さくそう》していた。全部で十個くらいの噂話を聞いたけれど、共通していたのは、なんらかの愛のもつれによって人が殺されたということだった。

夜になると、誰も使っていないはずの浴室からシャワーの音が聞こえ、朝には出した覚えのない食器が台所に並んでいた。作品に使おうと思って、近所のおじいさんから古いアナログテレビを譲り受けて居間に置いておいたら、勝手にブラウン管が光って月曜九時のドラマを映し出した。冥界のドラマでも映しているのかと思ったが、テレビ欄を確認したらきちんと現実の番組だった。幽霊は、朝はハンサムなミュージシャンが司会を務める情報番組を嗜《たしな》み、夜は音楽番組か、ロマンチックな恋愛ドラマを鑑賞した。過激な下ネタの多いバラエティ番組は頑《かたく》なに映さず、女性タレントたちがお店でご飯を食べながら延々とお喋りをする深夜番組はくっきりと映すので、私たちは「うちの幽霊は女の子だね」とこっそり言っていた。幽霊は意外にあっさりマイペースに暮らしていて、私たちをむやみに脅かすようなことはしなかった。だからといって、本当に全く怖くなかったわけではないけれど、たまにシャワーを浴びてテレビを鑑賞する幽霊よりも、月末に向けて順調に軽くなっていく財布の方が怖かった。二人とも仕送りのほとんどを学校の課題制作に使っていたので、ポルターガイストくらいで安くて広い住まいを手放すことは出来なかったのだ。

仕送りもバイト代も使い果たした月末に、私とあなたは空のトートバッグを持ってふらりと近所を散歩した。そして、趣味で畑をやっているおじいさんからニラやほうれん草をもらって、昆布とニンニクで出汁《だし》を取った湯でしゃぶしゃぶにして「口の中がじゃりじゃりするね」なんて言いながら食べた。私たちのそんな生活を見かねて、幽霊が柿や蜜柑《みかん》を拾ってきて窓辺に並べておいてくれることもあった。

私たちは、最初はくっきりと境界線を決めて、冷蔵庫も浴室の物置も半分に分けて自分のものを置いていたけれど、あなたは寝坊する私のぶんも朝食を作るようになって、私はあなたのシャンプーの匂いを気に入って同じものを使うようになって、やがて二人の領域は混ざり合っていった。

私は力仕事に自信があり、あなたはパソコンが得意。私は知らない人とたくさん出会って大勢でお酒を飲むのが好きで、あなたは少数の気が合う子とお茶を飲むのが好き。私は赤く脱色した巻き毛、あなたは黒いまっすぐの髪。私たちは全然似ていないけれど、好きな作家や洗剤の香り、お米やお茶の好みがよく合った。卵かけご飯の作り方や洗濯の頻度が多少違っても、あまり早起きをしないとか、朝ごはんは必ず食べるとか、食器は大体一時間以内に洗うとか、そういう大事な部分は共通していた。

学校では校舎が離れているのでほとんどすれ違うことはなく、たまに食堂で見かけても、あなたは大抵一人で本を熱心に読んでいたから話しかけなかった。あなたはいつも朝からきちんと学校に行って、一般教養の授業を受けた後にゼミに出て、夕方まで美術資料図書館で勉強をして、週に三回はバイトに行って、どんなに遅くても日付が変わる前には家に帰ってきた。規則正しい生活の中に夜遊びが入ることはほとんどなく、デザイン科の飲み会すら行っている気配はなかった。夜にふらりと出かけて、二、三時間くらい帰ってこないことがたびたびあったけれど、ただの散歩だったのか、数少ない友達と話し込んでいたのか、恋人との逢瀬《おうせ》だったのか、分からない。ひやりとした夜霧をまとって帰って来るあなたは独特の色気があって、私は結構どきどきした。

あなたはどんなに親しくなっても、越えてはいけないラインを常に引いていて、その綺麗に引かれた線をむやみに踏まないことが、私のあなたに対する誠実だと思っていた。私はあなたに余計な質問は一切しなかったけれど、わざわざ秘密に踏み込まなくたって、隣町の洒落《しゃれ》た雑貨屋にシャンプーを買いに行ったり、おじいさんにもらった野菜を料理したりするだけで私たちの仲は十分だった。

一方、あなたは私の人間関係をほとんど把握していた。あなたが詮索家だったわけでも、私が特別開けっぴろげだったわけでもない。向かい合っていると、あなたはいつも呼吸を置いて私の言葉を待ってくれたので、ついつい何でも話してしまったのだ。

初めて好きな人ができた時も、すぐにあなたに報告した。あなたが「どんな人なの」と聞くので、「白くて大きい」と答えると、あなたはすぐに誰のことなのか分かって「あの、シロイルカみたいな?」と言った。私が頷《うなず》くと、あなたは「当たった」と言って八重歯を覗かせて笑った。一緒の家に住んで、一緒のご飯を食べて、一緒の学校に通っていると、自然と見ているものはほとんど同じになる。玉川上水ですれ違う小学生集団のランドセルの色彩、老人と歩く柴犬、子連れの主婦と歩くチワワなど。一人で毎朝すたすたと歩く、白くて大きな男のこともあなたはよく見ていて、私と同じように「シロイルカに似ている」という感想を抱いていたらしい。

「鴨川シーワールドにいる、あれだよね」

「うん、あの格好いい名前の」

私たちはそう言い合いながら頭の中でしばらく言葉を検索して、やがて二人で顔を見合わせて「ベルーガ」と呟いた。

ベルーガという名の白いイルカは、微笑んだような口元とぽっこりと膨らんだ頭がチャーミング。人間のベルーガは全然にこやかではないし、頭も出っ張っていないけれど、一人だけ縮尺を間違えたような大きな体と、日本人離れした白い皮膚が、あの白くて大きい海獣を連想させたのだ。

ベルーガが玉川上水に現れたのは、私たちが四年生の春のこと。小さな子供と老人ばかりの並木道では異彩を放つ風貌だったけれど、他の人たちが彼に注目している様了はなかった。もしかすると、最初から彼に恋をしていたせいで、殊更《ことさら》ふわりと目立って見えたのかもしれない。私の目はいつも自動的に彼に縫い付けられ、その柔らかそうな筋肉に包まれた長い腕だとか、少し灰色っぽい髪なんかを見ていた。彼は肌だけではなくTシャツも作業着も白かったので、上水沿いの並木道の中でぼんやり光るようだった。

ベルーガは当時、玉川上水沿いにある温室で植物の世話をしていた。彼の職場を突き止められたのは、どういうきっかけだったか覚えていない。美大生の私たちが自然に知り合うような職業ではないから、多分、私がストーカーのように尾行したのだと思う。当時は著しく冷静さを欠いていたので、あまり記憶が残っていない。

私は暇を見つけては温室に通い、そのへんにぽつんと生えている奇妙な多肉植物について質問したりした。彼は北関東の国立大学に所属する、熱帯のなんとかリプスとかいうマイナーな植物を研究する人で、温室の植物の病気を見るために派遣されていた。彼はなんとかプスだけではなく、ヤシの木にもヒスイカズラにも詳しくて、私は温室のあらゆる植物のあらゆる解説を聞いたけれど、ほとんど忘れてしまった。言葉は基本的に右耳から左耳へと通りぬけて、私の頭には彼の大きな白い存在感や、もそもそと低い声音だけが残った。私がいい加減な相槌《あいづち》を打っていると、心なしか彼の顔は不機嫌そうになったけれど、彼の顔はもともと不機嫌そうで、だるそうで、誰に対しても優しく笑いかけたりしないから気にしなくてよかった。

それまで私は誰とも付き合ったことがなくて、性に関することと自分を結びつけるのがどこか気恥かしく、場違いなような気がしていたけれど、ベルーガ相手なら遠慮なく欲望をさらけ出すことが出来た。心の中で動物に喩《たと》えていたせいで、人間の知り合いを相手にする時とは違った感覚だったのかもしれない。ガラスに囲まれた大きな水槽に入って、賢い動物を手懐《てなず》けるような感じだった。

初めて接触を試みたのは、むせかえるような夏の日。私は暑さにやられて、食虫植物の解説を聞いているうちに立ちくらみがしてきたので、彼の白衣をつんと引っ張って、彼の腕に一グラムほど体重をかけてみた。甘える子供みたいな稚拙《ちせつ》なやり方だったけれど、ベルーガはいつもの仏頂面とは違う、どこか怖い無表情になって、「なに」と低く言った。当たり障りのない、温室の職員と見学者の空気から一転して、心臓がどきどきして舌先が乾いて何も言えなくなったけれど、私はそこでひるんではダメだと思って、思い切って彼の手首に指先を触れさせてみた。ベルーガは至極落ち着いた顔でため息を吐《つ》いて、私の手をつかんで「冷えてる」と言った。「ひえてるってどういう意味」と、私の茹《ゆ》だった脳は彼の言葉を必死に解釈しようとしたけれど、単に言葉のとおりの意味だった。ベルーガは私の腕をぐいぐい引っ張って涼しい受付に連れて行き、ソファに寝かせて、麦茶を淹れてくれた。私は知らないうちに熱中症にかかっており、末端に血液が行き届かずに冷たくなっていたらしい。

夏の接触は間抜けな結末に終わったが、ベルーガと私は少しずつ親密になっていった。ゆっくり進むベルーガとの関係については、生々しい部分は除いてあなたに報告していたけれど、私がどんなに驚きや興奮を表現しても、あなたは穏やかに「ふんふん」と頷くだけだった。その反応を見て、もしかしたらあなたは私よりもかなり大人なのかもしれない……などとこっそり思ったものだけれど、単に私の話に著しく内容がなかっただけだろう。初恋に夢中になっている女の話なんて「ふんふん」としか言いようがないものだったと今なら分かる。それでもあなたはいつも辛抱強く私の話を聞いて、祝福してくれた。初めて朝帰りをした日には、珍しく満面の笑みを浮かべて納豆入りのオムレツを焼いてくれた。蛋白質《たんぱくしつ》にさらに貴重な蛋白質を投入する納豆オムレツは、私たちの間では贅沢《ぜいたく》品だったので、あれは赤飯のようなものだったのだろう。本当の初潮の時より気まずかった。その日は幽霊も祝福して窓際に赤い木の実を並べてくれていた。

あなたと優しい幽霊、学校、玉川上水の並木道、ベルーガのいる温室。今思い返すとあまりにも完璧な環境だったけれど、所詮は学生の仮住まい。私は卒業した後は北関東の地元に帰って、高校の美術の教師になった。就職率が半分以下の美大出身者としては、かなりまともな進路である。卒業制作と並行して教育実習をやるのはきつかったけれど、就職せずふらふらしたまま彫刻を作り続けるなんて進路は親が全然許してくれなかったのだ。彫刻や絵画は実社会での使い所がごく僅《わず》かしかないので、ファイン系学科の出身者は大体作家になるか、美術とは関係のない仕事をするか、教師になるしかない。あなたとの共同生活が終わるのは寂しかったが、ベルーガも北関東の大学に戻るということだったので、丁度良かった。

あなたは私が出て行った後もこの家に住み続けている。東京の文具会社にデザイナーとして就職し、毎日朝から夜遅くまで働いて、得意の可愛い絵をパソコンでぱちぱち描いたりしているらしい。都心の会社に通勤するのには少々不便だが、山手線内で小鳥の巣みたいな部屋を借りるより安く、２ＬＤＫを一人占めできるから悪くないだろう。

今日は土曜日なので、あなたは布団を干して、掃除機をかけて、財布と文庫本を持って外に出かけた。よく晴れた休日の朝、玉川上水には毛並みの良い犬や、いつもよりきれいなシャツを着た老人、赤ん坊を抱いた顔色の明るい女の人なんかが歩いている。銀杏《いちょう》はもう少しで黄色になるぎりぎりのラインの抹茶色で、来週にはこの並木道を金色に染めるだろう。あなたは木漏れ日に目を細めて、ゆっくりと並木道を歩いた。

あなたは電車を乗り継いで表参道に降り立ち、人混みをうまくすり抜けて、裏路地にある変なビルに入った。お洒落を捏《こ》ねくり回して迷子になった感じの、幾何学的なビルの二階にある美容院があなたの行きつけ。あなたと似たような髪型とファッションの背の高い美容師が出てきて、あなたを機嫌良く出迎え、あなたを銀色の椅子に座らせた。あなたは美容師にちまちまと髪を切り揃えてもらいながら、少し眠そうな目で鏡を眺めた。

私も鏡の中のあなたをじっと見つめたけれど、あなたには私の姿は見えていないし、私も私の姿は見えない。視覚らしきものはあるのに眼球が存在していないというのは不思議な感覚だ。こうして自分が映っていない鏡を見ていると、自分の視点がどこからどこに向かっているのか分からなくなって混乱する。

なんだか気分が悪くなって、ふいと視線を逸らすと、あなたの隣の席に座った、ぎょろぎょろした目の女が私を凝視していた。ちょっと美容院の雰囲気にそぐわない感じの、派手で大柄な女は私の方を見つめてぱくぱくと口を開け、美容師があなたの側から離れると、小声であなたに語りかけた。

「あの、大丈夫ですか」

深刻な顔で唐突にそんなことを聞く女の方がどうみても「大丈夫ですか」という感じで、あなたは一瞬眉間に皺《しわ》を寄せた。しかしすぐに如才ない微笑を浮かべて、「はあ、大丈夫です」と言った後、流れるように視線を手元の雑誌に落とし、やんわりと彼女を遮断した。彼女はもうあなたに話しかけるのはやめて、ひたすら私をじろじろと見つめ、何度か首を傾《かし》げた。こういう感じになって初めて分かったことだけれど、霊感のある人というのは世の中に結構居て、私が生きていると思い込んで会釈をしてくれる近所のおばあさんや、微笑みかけてくる赤ん坊、すれ違いざまに何度も振り返った後、走って逃げていく中学生などがいる。

おばあさんや赤ん坊の反応を見ている限り、私は普通の人間の姿に見えているのだと思うけれど、彼女はおぞましい魔物を見るような目を向けてくる。悲鳴を上げて立ち去ることはしないから、そこまで恐ろしい姿ではないんだと思うけれど。彼女は小声で「安らかにお眠りください」と言った。余計なお世話ありがとう。


私は就職してから三年目の春に、底なし沼にはまって死んだ。比喩ではなく本当の底なし沼だ。勤務先の学校の裏山の、てっぺんにある沼の周りを散歩していた時に、暗がりにある樹の赤い実が気になって、近づいたらずぶずぶとぬかるんだ場所に足を取られ、逃れようと思って歩を進めたらますます泥に飲み込まれ、頭まで沈んであっという間に窒息死した。

幽霊として意識が戻った時にまず目にしたのは、背筋を伸ばしてパソコンに向かっているあなたの後ろ姿。六畳の洋室に敷かれた毛足の短いそっけない敷物、白い布団、大学のゴミ捨て場で拾ったオフィスチェアと作業机、暗い蛍光灯、パソコンとペンタブ。部屋の全てがあまりにも学生の時のままなので、教師になったことも山で遭難したことも全部夢で、あなたの部屋でお喋りをしているうちに寝てしまったのではないかと思った。しかし、あなたが誰かに電話をかけて、静かな声でぽそぽそと「骨が見つかったんだって」と言った時、私は慌てて自分の体を確認しようとして、そこに何もないことに気がついた。

几帳面なあなたの部屋には予定が細かく書き込まれたシンプルなカレンダーがあって、上部に小さく印刷された年号は、私が沼に沈んだ年の三年後になっていた。ひどく違和感のある未来の数字を見たら、急に心が焦って、やりかけの仕事や飲み会の約束などが気になってきたけれど、よくよく考えたら、死んでしまったのだからもう私には何も出来ない。死んだのが昨日でも三年前でも十年前でも変わらないのだと悟って、脱力した。

「見つかった」のはおそらく私の遺体で、あなたは「良かった」と電話の向こうの誰かに言った。翌日、あなたは綺麗な黒いジャケットを着て、電車を三本乗り継いで私の故郷に向かった。その日は私の実家で葬儀が営まれており、穏やかな春の日差しの下、親族や友人、職場の先生などがちらほらと集まっていた。

私が山で失踪した直後は、この小さな町ではそれなりに大きな悲劇として扱われただろうけれど、三年も経てばどんな出来事も過去になる。みんなの顔はおおむね穏やかなもので、私の骨の帰還を喜んでいるようだった。綺麗に礼服を着た人たちが集っている様は楽しいパーティーのように見えた。

ふわりと霞《かす》んだ青空の下、眩《まばゆ》い草花が競うように背を伸ばし、軒先で一休みしている蝶々や小鳥もいきいきと春の訪れを楽しんでいた。誰も泣き苦しんでいないからといって、恨めしく思う気持ちはなく、懐かしい人たちの元気そうな顔を見ていたら、自然と明るい気持ちになった。私ってばあまり未練のない良い幽霊なんだわ、などと呑気《のんき》に思ったりした。

　あなたがみんなの輪から少し離れたところでぼんやり立っていると、背後から白い大きな手が伸びてきて、あなたの肩を軽く叩いた。あなたは怪訝《けげん》そうな表情で振り向いて、相手の顔を認めると「ああ」と微笑んだ。あなたの後ろには、のっそりと白い、ベルーガが立っていた。相変わらず大きな背に、乳白色の皮膚で、少し不機嫌そうな強張った表情だった。私の知る彼は作業着やいい加減なＴシャツばかり着ていたけれど、その日はアイロンのかかったシャツを着ていて、知らない人みたいだった。俯《うつむ》いた時に襟《えり》からのぞく首筋の色を凝視していると、ここにあるはずのない皮膚がひりひりして、眼球が燃えるように熱くなった。彼の首に口づけをしたかった。肉体がないのに欲望は残るのか、と意識の片隅でどこか冷静に思いながら、私は彼をじっと見つめた。

「ひさしぶり……」

　ベルーガはぼそぼそとあなたに語りかけた。付き合い始めの頃に、あなたと彼を引き合わせたことは一回だけあったけれど、その時はほとんど会話を交わしていなかった。しかし、私の親族たちの後ろでひそひそ言葉を交わす彼らは、私の記憶の中よりも少しだけ親しそうだった。

　あなたとベルーガは葬儀が終わると私の実家を後にして、私が死んだ山に向かった。あなたもベルーガも私のために何度もこの町に来たらしく、すっかり慣れた足取りで細い畦道《あぜみち》を歩きながら、水田をのんびり眺めていた。私の思い出話でもするかと思ったけれど、お互いにどこまで踏み込んでいいか分からなかったのか、どうでもいい世間話に終始していた。

　並んで歩く、あなたの細い背とベルーガの広い大きな背を見ながら、ふと、ベルーガの今の状況が気になった。三年も経っているのなら、とうに別の恋人ができていてもおかしくないだろう。葬儀に来てくれて、私の骨が見つかった場所を見ようとしてくれているなんて、それだけで嬉しかったし、死んだ私が彼の交際についてどうこう思ったって仕方ないけれど、私はあなたをじっと睨《にら》んで「恋人がいるか聞いて」と念を送った。しかし念は届かず、思慮深く大人しいあなたがそんな不躾《ぶしつけ》な質問をするはずもなく、二人は静かに裏山に登った。慣れた地元民は森の中の獣道をまっすぐに登るけれど、あなたたちはくねくね蛇行しながら中腹まで続く車道を歩いた。アスファルトの道は退屈だし足が痛くなるし、二時間ほど歩かないと私が死んだ沼の方までたどり着けない。あなたたちの着慣れない礼服と革靴を心配していたけれど、あなたたちは口数少なく淡々と歩を進め、沼をぐるりと囲む湿地帯にたどり着いた。私の事故の影響か、湿地帯の入り口には無粋な黄色い規制線が張られ、植物たちが折角綺麗に芽吹いているのに台無しだった。私が見ていた景色はこんなものじゃないのに、あなたは湿地をまぶしそうに見て、私が好きそうな場所だと言った。ベルーガも頷いて、あの赤い実をつけた樹が特に好きそうだ、と言った。

その時まだ私は何の予感もなく、あなたとベルーガの往復四時間のハイキングを見届けて、あなたと一緒に玉川上水沿いの家に帰った。私はあなたに憑《つ》いているつもりはないけれど、懐かしい故郷に留まることも、恋人のベルーガの元に行くこともできず、ここ数ヶ月あなたの行動をずっと見ている。全然実感はないけれど、これが取り憑いているという状態なのかもしれない。

表参道をぽとぽと歩くあなたに寄り添って、数刻前に美容師にきれいに揃えてもらった後頭部をじっと見つめた。学生の頃とほとんど変わらない格好をしているけれど、全体的に目の細かいやすりをかけたみたいに余計なところが削ぎ落とされて、大人っぽくなった。私は泥の底で骨になってしまったというのに、ずいぶん大きな違いだ。きれいなあなたを見ていると、多少は怨霊っぽい恨めしい気持ちになったけれど、私が死んだのは完全に自業自得なので、そこを恨むのはお門《かど》違いだ。

あなたは本屋に寄って私の好きな小説家の新刊を買って、駅前のスーパーで食材を買い込んでから家路についた。友達と会うわけでもなく、映画館や美術館に行くわけでもない地味な土曜日だけれど、平日に忙しく働いて疲れきっているあなたにしては行動的な方だ。明日も休みなので、あなたはきっと、夕食を食べた後にふわふわラグに寝そべって小説を読むつもりだろう。その小説は私が死ぬ前まで読んでいた連載をまとめたもので、続きを読めることにわくわくしていた。

風が少し出てきて、玉川上水の樹々をさわさわと鳴らした。あなたは夕闇に沈んでほとんど漆黒に見えるドアの前に立ち、鍵を開けようとした。その瞬間、あなたはぱっと顔を上げて、並木道の向こうからぼんやりと白い男が歩いてくるのを見つけた。あなたがぺこりと頭を下げると、白い男はスーパーのレジ袋を持った右手を軽く上げた。

ベルーガは今年からまた玉川上水の温室に派遣されて、あなたの家のすぐ近くに引っ越してきた。あなたたちは約束をして会うということはないけれど、道でばったり会えば話をして、タイミングが合えば一緒に食事をする。この狭い町で、あまり変化のない生活を送っているあなたたちは、週末には必ずといっていいほどどこかで遭遇した。駅へとまっすぐに続く玉川上水の並木道、駅前の薄暗いスーパー、気の利いた喫茶スペースのある古本屋、新しく出来たパン屋の閉店間際のセール。

ベルーガの右手のレジ袋を見て、あなたが「夕ごはんですか」と聞くと、ベルーガは頷いて「カツあげようか」と言った。ベルーガの質問はほとんど抑揚がなく、声は静かで、大抵了承を得る前に行動に移す。ベルーガは無造作にレジ袋に手をつっこんで、中からごそごそと白い紙に巻かれた揚げ物を取り出し、あなたに「はい」と差し出した。白い紙はトンカツの三分の二ほどの幅しかなく、キツネ色の衣がむき出しになっている。あなたは豪快なおすそわけに苦笑して、「一緒に食べますか」と言った。その台詞には何の気負いもない。ベルーガも慣れた様子で頷いて、トンカツをレジ袋にしまって、おとなしくあなたが鍵を開けるのを待った。あなたたちが家に入る瞬間、僅かに並木道を照らしていた夕陽が落ちて、ちりり、と青白い外灯が点いた。

あなたとベルーガがこうして夜を過ごすのは何度目だろう。葬儀で再会した直後に彼が玉川上水に戻ってきてから、あなたたちは徐々に親密になっていった。もともと両方私が好きな人たちなのだから、相性が悪いはずがない。あなたとベルーガの接近は周りから見たら何の問題もない、穏やかな大人同士の友情に見えただろう。あなたが女の子じゃないから、ベルーガは面倒くさがりなので、自分から異性に接近したりしない。あなたとベルーガは結構慎重で、簡単に部屋に上がる関係になったのだ。ずるいなあと思うと同時に、悲しいなあとも思う。

部屋で食事をしていると、あなたたちは自然と私の思い出話をした。私が食べ物をよくこぼすだとか洗濯物をぐしゃぐしゃにするとか何故か水回りの掃除にだけはうるさいとか、そういうつまらないことをつらつらと語り合った。あなたは生活を共にしていた時に私に色々小言を言ってきたから、あれこれ不満に思っていたのは知っていたけれど、ベルーガまで私の生活態度に思うところがあったとは知らなかった。

二人は私の生活について楽しそうに話したけれど、どんなに私の話をしても私はもういないので、二人とも寂しくなって、最後にはしんと部屋の温度が冷えていくのがわかった。あなたたちはここ数ヶ月、そんな夜を何度も過ごしていた。


「ソースがなかった」

あなたが台所の下の戸棚を覗き込んでそう言うと、ベルーガは「辛子があるからいいよ」と言って、冷蔵庫から黄色いチューブを取り出した。あなたはキャベツとベーコンをざっと炒めて大皿に盛り付け、ベルーガはのろのろとトンカツを適当な平皿に載せた。

あなたとベルーガは小さなダイニングテーブルを挟んで向かい合い、ベルーガが持ってきた缶ビールを飲んだ。あなたは一人ではお酒を飲まないけれど、社会人になってからは、誰かと食事をする時は当然のようにビールを嗜むようになった。あなたがお茶しか出さないでまったり話し込むのは、幾人かの古い友人だけ。だいぶ親しくなったとはいえ、あなたにとってベルーガはまだ友人ではなく、ある程度アルコールを入れなければ、心からリフックスすることはできない相手だ。ベルーガも大してビールが好きなわけではないが、大人が大体嗜む無難な飲み物としてあなたの家に差し入れる。あなたたちは私の話をする時だけ親しい共犯者のような気持ちになるけれど、基本的には少し遠い他人だ。これからも決して、普通の友人になることはない。

「髪の毛、ゴミついてるよ」

カツも炒め物も食べ終わって、苦いビールを惰性でちまちま飲んで、話がふっつりと途切れた後に、ベルーガはおもむろにあなたの髪に手を伸ばした。今日美容師が一筋だけカーキに染めた、こめかみの上の短い髪にベルーガの長い指が触れるのを見て、私はいつものことながら、あるはずのない心臓がどくどくと音を立てるのを聞いた。

いつも堰《せき》を切るのはベルーガで、溢《あふ》れ出すのはあなた。あなたはつとめて冷静な顔を作って「ゴミじゃないです。そういうふうな髪型なんです」と言ったけれど、眼が頼りなく泳いでいる。ベルーガは「ふうん」とどうでもよさそうに言って、あなたの髪から手を離した。あなたが「眠そうですね」と言うと、ベルーガは「眠い」と言って、ダイニングテーブルに突っ伏す素振りをした。体の大きい彼が伏せるとダイニングテーブルの半分くらいが隠れてしまって、なんだかテーブルも椅子も食器たちも、私たちの部屋のすべてがとても小さくて頼りないものに感じた。

「もう寝ます？」

あなたはひそひそと聞いたが、ベルーガは何も答えなかった。

眠い、寝る、なんていうのは、親密な夜に何度も繰り返される甘やかな嘘だ。眠いと言った瞬間から、その部屋にはもう言葉は必要なくなって、外の樹々が夜風に揺れる音が部屋に響くだけになった。あなたは息を軽く吸って席を立ち、ベルーガの傍らに歩み寄って、彼のTシャツの袖に触れた。私だったらつんつん引っ張るけれど、あなたは軽く手を乗せるだけ。もう少し手を下に下ろせばベルーガの皮膚に直接触れるけれど、あなたはあえて布の上から遠慮がちに触れた。そこに彼がいるのを確かめるように、温度を測るように。ベルーガはこういうときにお決まりの、不機嫌そうな顔でのっそりと顔を上げて、あなたの頬に手を伸ばした。それを合図に、二人はすうっと息を吸い込んで、お互いの口を塞いだ。あなたたちの行為はいつもお互いを窒息させるようにきつく揺るぎない。

私は生前あなたのセクシャリティについてきちんと聞いたことはなかったけれど、同居して二年ほど経ったあたりでなんとなく気付いた。ベルーガもあまり他人の性質について詮索する方ではないので、すぐには気づかなかったと思うけれど、きっと私と同じように、何度か会ううちになんとなく察したのだろう。今年の夏頃、初めてあなたに触れられた時、ベルーガはあまり驚かずにあなたの好きにさせていた。穏やかに時間が過ぎていくと、徐々に自分からもあなたの体温を求めて、植物の葉や茎の強度を確かめるような手つきであなたに触れた。

ベルーガがどの程度この事態を予測していたのかはよく分からない。彼は、静かに構えたままで、相手の積極的なアクションを引き出す性質がある。私もあなたもそれにまんまと引き寄せられたわけだけれど、そういうところ、本当にずるいと思う。ベルーガがあなたに期待していたのは、もう少し軽い、同性の友人同士でも不自然ではないくらいの親密さだったのかもしれない。

あなたの愛撫は丁寧で献身的だ。あなたが女の子だったら、私は恨んで恨んで、きっとホラー映画に出てくる怖い幽霊みたいになっていただろうけれど、あなたの行為はなんとなく見ていられる。なぜなら、ベルーガはきっとあなたを恋人にはしないからだ。私はあなたをばかにしている。

あなたは私とは似ても似つかない、痩せた男だ。胸の僅かな筋肉の隆起から、汗の水溜まりが出来た鳩尾《みぞおち》の窪み、青白いぺたんこの腹と、ごつごつとした腰骨のライン。森林限界を越えた山頂のようで、清潔で寂しい。私のふわふわした胸やお腹とは全然違うのに、ベルーガはそのなめらかな肩甲骨に歯を立てる。あなたは時々泣いているみたいな息を漏らす。ベルーガの大きな体に抱き込まれたあなたのつま先が床から浮く。

私がキッチンに立って二人をぼうっと眺めていると、かちん、と蛍光灯が消えて暗くなった。ちょうどあなたが灯りの紐《ひも》に手を伸ばそうとしたところだったので、ベルーガはあなたが電気を消したのだと思って気にせずに続けた。あなたは誰の仕業かわかっているけれど、いつものことなので焦ることはなく、ベルーガにされるがままになっていた。姿が見えなくなった分、二人の息がいっそう鮮明に聞こえて、私はふらふら窓辺に向かった。そこには先住民の幽霊の気配が立っていて、「元気出して」と言うみたいに、どこかの庭から失敬してきた柿を置いた。柿は好みじゃないし、そもそも、ベテラン幽霊の彼女と違って私は触れることすら出来ない。

翌朝、午前五時にリビングのふわふわラグの上でベルーガは目を覚ました。薄暗い部屋の中で、テレビが青白く光って朝のニュース番組を映している。昨夜遅くにあなたたちが熟睡してから、幽霊のお嬢さんがおもむろに深夜の映画番組を見始めたのだ。その映画はハンサムな若手俳優がたくさん出てくるファンタジーテイストの任俠《にんきょう》ドラマで、荒廃した未来都市で若くて格好いい男の子が悪の組織と戦うという話だった。ただでさえひどい気分なのに、目の前で無理矢理荒唐無稽な世界が繰り広げられて、最初はうんざりしていたけれど、ぼんやり見ているうちになんとなく元気になった。「こういうの、はまるのわかるかも」と言うと、幽霊は「でしょ?」と言うようにぴぴ、と微《かす》かに音量を上げた。それでもごく小さな音だったので、あなたたちはぐっすり眠ったままだった。画面の中では、顔を血まみれにした俳優が「俺はお前を絶対に許さない」と叫んでいた。現実世界で、こんなに大きな声で思い切った啖呵《たんか》を切れる人ってどのくらいいるのかしらね。私は「絶対」がよく分からない。

ベルーガはのっそりと体を起こすとテレビ画面を不思議そうに眺め、次に、傍らに寝転がっているあなたを見下ろした。寝息を立てて上下するあなたの肩は、テレビ画面の光を浴びて鈍く光っている。ベルーガは無表情でしばらくあなたを見下ろしてから、ゆっくり立ち上がって、台所の下の戸棚から薬缶《やかん》を出して湯を沸かした。冷蔵庫を開けてお茶を物色したけれど、どれがどんな味だかベルーガには分からず、彼はひとまず白湯《さゆ》をカップに注いで飲んだ。白い湯気が青い部屋の中で立ち昇って、ベルーガの顔をぼんやりと覆った。テレビの向こうのアナウンサーが「今日は一日雨です」と告げた。昨日は晴れていたのに、夜の風が雲を連れてきたらしい。秋雨はせっかく色づき始めた銀杏を揺さぶり落としてしまうだろう。

やがてあなたが目を覚ますと、ベルーガは小さな声で「おはよう」と言った。あなたは掠《かす》れた声で「はい」と頷き、しばらくぼうっとテレビを眺めた。あなたはあまり朝は得意ではなくて、休日は十時くらいまでは寝ている。ベルーガはあなたのぼうっとした横顔を見て微かに苦笑した。

「これ飲んだら帰る」

ベルーガがそう言うと、あなたは小さく頷いた。

ベルーガはいつも朝食を食べない。そして一度起きたら二度寝はしないので、このまま家に帰って仕事の勉強でもするのだろう。私とあなたは少々寝穢《いぎたな》く、基本的に陽がすっかり昇りきってからでないと起きられない。そうすると大抵空腹の限界が訪れているので、私たちはいつも朝食をしっかり食べた。あなたは昨日のうちに炊飯器にお米をセットしていた。四時間後に炊きあがる設定だ。ベルーガが帰ったら二度寝をして、起きていつもの手順で卵かけご飯を食べればあなたの生活に戻る。夜の揚げ物もお酒も本当は好きじゃない。

「テレビ、いつ点けたの？」

ベルーガがそう言うと、あなたは大儀そうにベルーガを振り返った。

「勝手に点くんですよ」

「何それ」

「そういう家なんです……。お風呂入りますね」

あなたはいい加減な説明をしてふらりと立ち上がり、浴室に入った。冷たいタイルの上に立ってシャワーを浴びる。今、あなたのなめらかな皮膚の中で一番際立っているのは、生々しい爪の痕。昨日ふとした拍子に彼が引っ掻いてしまったらしく、肩甲骨を斜めに断ち切るように線が走っている。あなたはシャワーを浴びてからようやくその傷に気付いて、眉をひそめて自分の背中に触れた。昨夜つけられたばかりの新しい傷は湯にあたためられて赤くなり、浴室の中でぼうっと浮かび上がった。

あなたがタオルで髪を拭きながら浴室から出ると、ベルーガはすん、と蒸気を嗅いで「それ、薬草の匂いだよね」と言った。あなたと私が愛用していたシャンプーはこの家から少し離れたお洒落な雑貨屋に売っていて、すうすうしたハーブの匂いがいい感じだ。あなたの職場の近くのデパートにも売っているけれど、あなたはいつも、私と一緒に通っていた雑貨屋に買いに行く。

あなたは一旦髪を拭くのはやめて、タオルを首にかけてベルーガと向き合った。白い男はキッチンにもたれかかるように立って、あなたの黒髪をぼんやり眺めながら「昨日は違った」と言った。彼が匂いのことを言っていることに気づくのに、私もあなたも数秒かかった。

昨日のあなたは美容院の甘ったるいシャンプーの匂いをまとっていた。ベルーガの声は抑揚がないけれど、注意深く聞けばどこか甘えたような響きがあるのが分かる。いつもより微妙に近い、あなたへの距離。あなたの心臓の音が聞こえるような気がする。

「今朝は同じだ」

ベルーガはそう言って、気安い仕草で指を伸ばし、あなたの濡れた前髪を引っ張った。誰と同じなのか、なんて聞かなくても分かる。私は嬉しくなって、同時に悲しくなった。あなたはごくごく何でもないことのように、つとめて冷静な態度を保って「学生の時からずっと使っているんです」と言った。私とあなたはあまり似ていないけれど、好きになるものは似ていて、その領域は一緒に暮らしているうちに混ざり合って最初にどちらが好きになったかなんて分からなくなっていた。

「二人のお気に入りだったんです」

あなたがそう言うと、ベルーガは曖昧《あいまい》に頷いた。

ベルーガは宣言通り、湯を飲み終えるとまだ薄暗い外へ出ていった。朝靄《あさもや》をまとう森に消えていく、ベルーガの後ろ姿を見送りながら、あなたは浅い呼吸を繰り返していた。そしてあなたは息を殺して、私たちの家に戻って自分の部屋の白い素っ気ないベッドに潜り込んだ。布団を被ったあなたは、あなたがよく描く丸っこくて可愛い変な動物みたい。私はため息を吐いて、見えない腕であなたの背中を抱いた。

初出
金色の小部屋　「小説新潮」2018年8月号
最後の肖像　「小説新潮」2019年5月号
ここは夜の水のほとり「小説新潮」2019年8月号
或る観賞魚　「小説新潮」2018年12月号
森のかげから「小説新潮」2018年5月号「手さぐりの呼吸」を改題

写真　山元彩香「Untitled #175」
2016年 ©Ayaka Yamamoto /
Courtesy of Taka Ishii Gallery Photography / Film

装幀　新潮社装幀室

新潮

ここは夜《よる》の水《みず》のほとり

発行　2019年11月25日

著者　清水裕貴《しみずゆき》
発行者　佐藤隆信
発行所　株式会社新潮社
〒162-8711　東京都新宿区矢来町71
電話　編集部　03-3266-5411
読者係　03-3266-5111
https://www.shinchosha.co.jp

印刷所　大日本印刷株式会社
製本所　大口製本印刷株式会社

ISBN978-4-10-352991-0 C0093